क्योटो टू काशी

लेखक परिचय

सौरभ शर्मा

सौरभ शर्मा, मूल रूप से रायपुर निवासी हैं और छत्तीसगढ़ में जनसम्पर्क अधिकारी के रूप में कार्यरत हैं। *'एलिस इन वंडरलैंड'* की तरह इनका गद्य भी पाठकों को कल्पना की दुनिया में ले जाता है। दुनिया जिन अच्छे लोगों की वजह से सुंदर है। उन पात्रों को चुन-चुनकर यह अपने गद्य में ले आते हैं, जिससे इनकी साहित्यिक दुनिया और भी समृद्ध हो जाती है और पाठक के लिए न भूलने वाली स्मृति छोड़ जाती है।

आप इनसे sourabh306@gmail.com पर संपर्क कर सकते हैं।

क्योटो टू काशी

उपन्यास

सौरभ शर्मा

अंजुमन प्रकाशन

अंजुमन प्रकाशन
942, मुठ्ठीगंज, प्रयागराज - 211003
उत्तर प्रदेश, भारत
website : anjumanpublication.com
E-mail : anjumanprakashan@gmail.com

प्रथम संस्करण अंजुमन प्रकाशन द्वारा 2020 में प्रकाशित

आवरण चित्र : सोनल शर्मा
टाइप सेटिंग : अंजुमन प्रकाशन

ISBN : 978-93-88556-42-2

समर्पित

मेरे पापा शेष नारायण शर्मा जी को

लेखकीय

कभी सोचा नहीं था कि एक कहानी भी कह पाऊँगा, उपन्यास बहुत दूर की बात थी। खुशवंत सिंह की आत्मकथा में एक चरित्र आता है, जो उपन्यास लिखना चाहता था और उसने इसका शीर्षक भी सोच रखा था... लेकिन वो कभी इस दिशा में आगे नहीं बढ़ सका। कुछ कहानियाँ लिखने के बाद जब मैंने उपन्यास लिखने का निश्चय किया तो लम्बे समय तक यह टलता रहा। मुझे बार-बार खुशवंत के उस दोस्त की बात याद आती। संयोग से कुछ दैवीय परिस्थिति बनी और ईश्वर की कृपा से मैं इसे पूरा कर पाया।

मैं प्राचीन संस्कृत कवियों और लेखकों का हृदय से ऋणी हूँ, जिन्होंने जीवन का सौंदर्य अपने काव्य में रचा और हमें अपने लेखन से इतना सुख दिया। उन्होंने उदात्त नायकों के आदर्श हमारे सामने रखे। वे साहित्य को समाज के दर्पण की तरह ही नहीं दिखाते थे अपितु ऐसे समाज का सर्जन भी अपने साहित्य के माध्यम से करते थे जैसा समाज हम बनाना चाहते हैं। फिर प्रेमचंद आये। उनकी कहानियों 'बड़े घर की बेटी', 'बड़े भाई साहब', 'परीक्षा', 'नमक का दारोगा' को लें। आप बार-बार पढ़ना चाहेंगे और ऐसा ही आनंद आपको हमेशा आएगा जैसा संस्कृत साहित्य में सुभाषित श्लोकों में कहा गया है '*क्षणे-क्षणे यन्नवतामुपैति तदैव रूप रमणीयताया।*' रमणीय वही है, जिससे हम कभी 'बोर'

नहीं होते। प्रेमचंद की कहानियाँ मनोरंजक तो हैं ही, आपकी आत्मा को समृद्ध भी करती हैं। यह जीवन के उजले पक्षों को दिखाने वाली कहानियाँ हैं। दुर्भाग्य से इस तरह की कहानियाँ बाद में कम ही लिखी गयी या अपनी थोड़ी-सी अध्ययनशीलता की वजह से मैं ऐसी कहानियाँ कम ही पढ़ पाया हूँ। फिर भी यह तो है कि इधर के साहित्य में जीवन का उजला-पक्ष कम ही दिखता है। अब का साहित्य, जीवन का स्याह- पक्ष ही अधिक दिखाता है।

यह इसलिए लिखा, क्योंकि मैं भी जीवन के उजले पक्ष को लिखना चाहता हूँ। मेरे मन में यह प्रश्न भी उठता है कि जब दुनिया में प्रेमचंद हैं, अज्ञेय हैं, रेणु हैं, शरत हैं और अन्य दिग्गज लेखक हैं तो लोग मेरा लिखा क्यों पढ़ना चाहेंगे? इसका उत्तर मुझे अब तक नहीं मिल पाया है... फिर भी राम-सेतु के निर्माण में लाखों की वानर सेना के साथ ही एक गिलहरी भी अपना यत्न करती है, उसी तरह मैं भी बहुत ही छोटे स्तर पर सही यदि कुछ रच सकता हूँ तो इसे दुनिया से साझा करना चाहिए। इस मौक़े पर मुझे 'ओरहान पामुक' का लिखा याद आता है कि *"मैं लिखता हूँ क्योंकि मैं वो अन्य सामान्य कार्य नहीं कर सकता जिसे अन्य लोग आसानी से कर लेते हैं। मैं इसलिए लिखता हूँ कि वैसी पुस्तकें पढ़ना चाहता हूँ जैसा मैं लिखता हूँ। मैं इसलिए लिखता हूँ कि मुझे लाइब्रेरियों की अमरता में मासूम-सा भरोसा है... मैं इसलिए लिखना चाहता हूँ कि मेरे अपने चाहते हैं कि मैं लिखूँ।"*

मैं जीवन का उजला-पक्ष देख सका और इसे क़लम से क़ागज़ पर उतार सका, यह मेरे पापा श्री शेषनारायण शर्मा और मम्मी श्रीमती मनोरमा शर्मा की वजह से सम्भव हो सका। पापा महाभारत खरीदकर लाये थे, इसका सबसे ज़्यादा असर मुझ पर रहा। मम्मी की सुनाई कविताओं से मेरा बचपन आनंदित हुआ। बहन (गुड़िया दीदी) की बड़ी कक्षा की हिंदी किताबों ने भी इसमें बड़ी मदद की और उनके साथ ने भी। मामा जी रविंद्र तिवारी ने मेरे बर्थडे पर चिल्ड्रन नॉलेज बैंक दिया था। मुझे लगता है कि किताब ही ऐसा 'गिफ़्ट' हो सकता है जो आपको ऐसा सुकून प्रदान करे और ज्ञान की वो शक्ति दे जिससे जीवन आपके लिए सहज हो जाए। मौसी, डॉ0 कुमुदनी तिवारी ने इसी बर्थडे पर ग्लोब लाकर दिया। तब शायद मन में लगा होगा कि दुनिया इतनी बड़ी है और हम इसे भले ही घूम नहीं सकते लेकिन कल्पनाशक्ति से अपने लिए उस दुनिया में जगह बना सकते हैं। मेरे नाना जी श्री मदन लाल तिवारी जी को किताबों का शौक़ था

जिसका डीएनए शायद मुझमें प्रगट हुआ हो। राजिम में अपनी बुआ और चाचा लोगों के साथ मैंने सुखद बचपन बिताया, उसका असर मेरे जीवन पर और मेरे लेखन पर पड़ा है। दीपक के साथ बचपन में ख़ूब सारी किताबें पढ़ीं। दीपक लिखता भी था लेकिन बाद में उसने छोड़ दिया। मैं नहीं लिखता था। उसका काम अधूरा नहीं छूटना चाहिए इसलिए मैंने लिखना शुरू कर दिया। स्कूल-कॉलेज के दिनों में रामेंद्र, अविनाश, विनय एवं विवेक के साथ और उसके बाद तैयारी के दिनों में अनुभव का विलक्षण साथ मिला जिससे मेरी साहित्यिक दुनिया बहुत समृद्ध हुई। शबरी के जूठे बेर की तरह अनुभव द्वारा पढ़ी हुई किताबों को मैंने पढ़ा और लगा कि आश्चर्यजनक रूप से हम दोनों की साहित्यिक रुचि मिलती-जुलती है। फिर शशांक भैया के यहाँ सिविल सेवा की तैयारियों के समय आशीष, आदित्य सचिन भाई और अमित जैसे दोस्तों का अच्छा ग्रुप मिला जिससे साहित्य की गाड़ी आगे बढ़ी। निकष भैया और तापस जैसे सहयोगियों के साथ काम कर मेरी साहित्यिक अभिरुचि विकसित हुई। इस बीच सचिन भाई हमेशा लिखने के लिए प्रेरित करते रहे जिनसे बहुत संबल मिला।

कहानी-लेखन की शुरूआत के पीछे दंतेवाड़ा और माँ दंतेश्वरी की बड़ी देन है। मैं, सचिन भाई और विवेक जब बैठे थे तब गुलज़ार की एक कविता सुनी। सोचा यह कविता किसी के जीवन की पूरी कहानी है और इसे कहानी का रूप देना चाहिए। फिर इसे लिखा। वहाँ सचिन भाई को, विवेक को यह कहानी बहुत पसंद आयी। इससे बाहर के घेरे में विनोद भैया (विनोद सिंह जी), सुरेश भैया (सुरेश महापात्र जी), छोटे भाई जैसे शैलेन्द्र ठाकुर, अनुराग सर (सम्पादक-'सेतु'), अशोक जी, मामा जी किशोर तिवारी ने इसे पढ़ा और पसंद किया। मामा जी किशोर तिवारी जी के साथ रोज साहित्य चर्चा का लाभ मिला। अपने भाई-बहनों के साथ का सुख मिला। तनु, बिट्टू, रिशू जैसे फेसबुक से जुड़े भाई-बहनों का स्नेह मिलता रहा। अपने बहुत से प्रियजनों का नाम मैंने नहीं दिया है क्योंकि मैं सोचता हूँ कि अभी मुझे और भी तो लिखना है न। उनका प्रेम मिला तो निःसंदेह इस ओर आगे भी राह खुलेगी। सुरेश भैया ने कहा कि ये औपन्यासिक कथा है... और तब मैंने निश्चय किया कि समय आने पर इसे उपन्यास के रूप में विकसित करूँगा।

मेरी पत्नी निधि के साथ और हर क़दम पर सहयोग के चलते ख़ुशनुमा

माहौल मिला और लेखन की ओर क़दम बढ़ा सका। बेटियों मानु और मून, भांजे सत्यम और भांजी शुचि की शरारतों की वजह से मन प्रसन्नचित्त रहा और उपन्यास की दिशा बढ़ती रही। उपन्यास के प्रकाशन के लिये मैं श्री वीनस केसरी के प्रति विशेष रूप से आभारी हूँ।

मेरी छोटी-सी साहित्यिक यात्रा के मुकम्मल होने के पीछे बहुत से शुभचिंतकों का स्नेह शामिल रहा है जिनका ज़िक्र मैं यहाँ नहीं कर सका हूँ... उनके स्नेह के लिये मैं उनका चिरऋणी रहूँगा। कथानक को समझकर, किताब के कवर के लिये विशेष रूप से इतना सुंदर चित्र बनाने के लिये मैं सोनल भाभी (सोनल शर्मा) के प्रति विशेष रूप से आभार प्रकट करना चाहता हूँ। मैं अपने दुर्ग जनसंपर्क कार्यालय के साथी अधिकारियों एवं विभाग के वरिष्ठ अधिकारियों तथा साथी अधिकारियों के प्रति भी कृतज्ञ हूँ जिन्होंने मेरी हमेशा हौसला अफ़ज़ाई की।

पुस्तक के प्रकाशन के अवसर पर मैं सबसे ज़्यादा प्रसन्न अपने पापा को लेकर हूँ। उन्हें बहुत अच्छा लगता है जब मैं कुछ अच्छा करता हूँ। कुछ सर्जनात्मक करता हूँ। ईश्वर मुझे उनकी ख़ुशियों में हमेशा इज़ाफा करने की शक्ति प्रदान करें।

- सौरभ शर्मा

अनुक्रम

बहुत पहले से उन क़दमों की आहट जान लेते हैं...

ग़ालिब ने बनारस को दुनिया के दिल का नुक़्ता कहा था। इस नुक़्ते के भी दिल, गंगा जी के किनारे, पेशवा घाट से चंद क़दमों की दूरी पर 'कान्हो जी आँग्रे' गली है। कान्हो जी आँग्रे मराठों के नैवल कमाण्डर, जिन्होंने बरसों तक अँग्रेजों की दाल अरब सागर में नहीं गलने दी। इस गली का आख़री मकान रामाश्रय बाबू का है।

बताते हैं कि रामाश्रय बाबू के पूर्वजों के लिए यह मकान पेशवा जी ने दिलवाया था। जब बाजीराव पेशवा ने यहाँ घाट बनवाया तो बनारस की पद्धति से पूजा कराने के लिये रामाश्रय बाबू के पूर्वजों को ज़िम्मेदारी दे दी। पेशवा थोड़े समय के लिए आते थे, लेकिन एक पूरी गली उन्होंने बसा दी और बनारस की इस गली में पुणे के शनिवार वाड़ा जैसा स्थापत्य नज़र आने लगा।

रामाश्रय बाबू का घर भी इतना ही ख़ूबसूरत, किसी वाड़े जैसा। सामने के दो कमरों के बाद खुला हुआ दालान और दालान के तीनों ओर दो मंज़िला घर। रामाश्रय बाबू इस मकान में अपने छोटे भाई के परिवार के

साथ रहते हैं। बाबू के एक बेटा और दो बेटियाँ हैं।

वे बनारस के एक कॉलेज से फिलॉसफी के रिटायर्ड प्रोफेसर हैं। पिता वैद्यराज थे और पुरखों का दवाखाना चला आ रहा है। रिटायरमेंट के बाद अब यहीं बैठते हैं। पिता से सीखे हुए आयुर्वेद के हुनर से मरीज़ों को पर्ची भी लिखते हैं और दवा भी देते हैं।

* * *

रामाश्रय बाबू 'प्रैक्टिकल' व्यक्ति हैं। बैंथम का उपयोगितावादी सिद्धांत उन्हें विशेष रूप से पसंद है। वे हर चीज़ को उपयोग के तराज़ू में तोलते हैं... इस लिहाज़ से संगीत और नाटक उनके लिए बिलकुल फ़िज़ूल की वस्तुएँ हैं। बनारस में लम्बे समय तक रहने के बाद भी उन्होंने कजरी का लुत्फ़ नहीं लिया जबकि उनके पिता को संगीत से गहरा अनुराग था। वे रोज़ संकटमोचन हनुमान मंदिर जाते... वहाँ कभी-कभी बिस्मिल्लाह खान भी आते और अपनी शहनाई सुनाते।

दादाजी अपने साथ रामाश्रय बाबू की बड़ी बिटिया मनु को छुटपन से ही घुमाने ले जाते। यह संगीत की पहली सीख थी जो मनु को मिली। संकटमोचन मंदिर में भजन भी होते। दादाजी वापसी में इन भजनों को गुनगुनाते हुए आते। जब उन्होंने छुटपन में मनु को गाते हुए पाया तो उसका कण्ठ बड़ा सुरीला लगा और उसे अपने एक मित्र उस्ताद के पास भेज दिया।

रामाश्रय बाबू ने प्रतिरोध करना चाहा, लेकिन पिता की मर्ज़ी के विरुद्ध नहीं जा सकते थे और इस तरह मनु की संगीत की शिक्षा आरम्भ हो गयी। दादाजी के गुज़रने के बाद घर में संगीत उपेक्षित हो गया, गाना-बजाना केवल पूजा-पाठ तक सीमित रह गया। संगीत सीखने का ज़रिया केवल टीवी रह गया।

मनु ने एकलव्य की तरह ही टीवी में आने वाले रियलटी शो के जजेस को ही द्रोण मान लिया और संगीत-साधना के टिप्स लेती रही... यद्यपि भीतर से उसे आशंका होती रहती थी कि जैसे एकलव्य की धनुर्विद्या अधूरी

रह गयी थी, वैसे ही उसकी संगीत-विद्या भी अधूरी न रह जाए।

बनारस में जब देव-दीपावली जैसे बड़े उत्सव होते और गिरिजा देवी जैसी गायक अपने हुनर से महफ़िल का दिल जीत लेतीं तो मनु के भीतर भी सपना जन्म लेता। वो सपने बुनती कि बनारस में सुर-साधना का कार्यक्रम हो रहा है, वो बिस्मिल्लाह खान और गिरिजा देवी जैसे दिग्गज कलाकारों के बीच गा रही है। यह एक ही सपना वो खुले आँखों से बार-बार देखती और गुलज़ार की किसी फ़िल्म का वो गीत बार-बार गुनगुनाती... *"एक ही ख़्वाब कई बार देखा है मैंने"*।

रामाश्रय बाबू ने उसका ध्यान संगीत से परे खींचने की कोशिश की लेकिन अंततः नाकामयाब रहे और मनु की नियति उसे बीएचयू के फैकल्टी आफ परफ़ॉर्मिंग आर्ट्स की ओर ले गयी।

* * *

मनु की छोटी बहन है तनु। दशाश्वमेध घाट के रास्ते में जैसे गायों का कोई झुण्ड पसर गया हो और भारी ट्रैफिक में भी मज़े से बैठा हो, ऐसी ज़िंदगी का तोहफ़ा तनु को मिला है। इतनी दौड़ती-भागती ज़िंदगी में भी सुकून से अपना काम करती है तनु।

घर में एक पुराना कैलेण्डर है जिसमें गीता ज्ञान लिखा हुआ है; *"जो बीत गया, उसे भूल जाओ, आने वाले कल में तुम्हारा कोई बस नहीं।"* गीता में जो स्थितप्रज्ञ योगियों के लक्षण हैं वे सारे तनु के भीतर मौजूद हैं। *"या निशा सर्वभूतानां तस्यां जागर्ति संयमी।"* दिन में इतने अशांत कोलाहल भरे घर में वो इत्मीनान से सो जाती है, देर रात तक जागकर अपनी पढ़ाई पूरी करती है। उसकी रात में सक्रियता के कई फ़ायदे हैं... दिन में आने-जाने वालों से समय बचता है, रामाश्रय बाबू की नज़रों से ओझल रहती है इसलिए अपने तरीक़े से काम कर पाती है। वो इंजीनियरिंग के पहले बरस में है और उसकी ज़िंदगी मज़े से कट रही है।

* * *

मलय, मनु का बड़ा भाई है। रामाश्रय बाबू के साथ दवाखाने पर बैठता है। आयुर्वेद उसके लिए पैशन है। बीएचयू में उसने टॉप किया है। उसके दोस्त उसे चरक का अवतार मानते हैं। मलय को दुःख है कि आयुर्वेद को उसके जनक देश में ही एलोपैथी से नीचे रख दिया गया है। पूरे विश्व में न सही, कम से कम बनारस में आयुर्वेद को उसकी परम्परागत जगह मिले यह मलय की कामना है। उसका सपना है महान वैद्यराज त्रिगुणा की तरह की प्रैक्टिस का। उसे बनारस में चलने वाली रहस्यमयी विद्याओं में भी गहरी रुचि है। पेशेवर जीवन में त्रिगुणा की तरह और आध्यात्मिक जीवन में कुंडलिनी जागरण का महान लक्ष्य लेकर आगे बढ़ना उसका लक्ष्य है। कबीर की उलटबाँसियाँ उसे बहुत अच्छी लगती हैं।

मलय की आध्यात्मिक मुक्ति की राह में सबसे बड़े बाधक हैं रामाश्रय बाबू। वो सुबह देर से दवाखाने पहुँचते हैं इसलिए मलय को जल्दी दवाखाने पहुँचना होता है, अतएव नित्य क्रियाओं के लिए उसे जल्दी जागना होता है... ऐसे में कुण्डलिनी जागरण कहाँ से हो पाएगा। फिर भी आस पर दुनिया टिकी है।

अगर आध्यात्मिक लक्ष्य और भौतिक लक्ष्य दोनों की कसौटी पर मलय को परखें तो वो भौतिक लक्ष्य को अधिक महत्व देता है, लेकिन इस रास्ते में भी पिता बड़े बाधक हैं। वे आयुर्वेदिक दवाएँ देते हैं लेकिन भीतर से उन्हें इस पर विश्वास नहीं है। वे मरीज़ों को इसके साथ ही एलोपैथी की सलाह भी दे देते हैं और आयुर्वेद के साथ इसे भी चलाने की सलाह दे देते हैं। जब वैद्यराज को स्वयं अपनी दवा पर भरोसा न हो तो मरीज़ का भरोसा कब तक टिकेगा। आयुर्वेद की लम्बी चलने वाली दवाइयाँ कुछ समय बाद ही पेशेण्ट बंद कर देता है और एलोपैथी दवा का सिलसिला मरीज़ के लिए शुरू हो जाता है।

* * *

रामाश्रय बाबू जब अपने बच्चों का मूल्यांकन करते हैं तो उन्हें लगता है कि इस फ्रण्ट में उन्हें लगातार शिकस्त मिल रही है, वे 2-1 से अपनी

पेरेण्टिंग में पिछड़ रहे हैं। उनकी भाषा में खेल की शब्दावली भरी पड़ी है। खेलों का शौक़ रखते हैं, विद्यार्थी जीवन में खिलाड़ी भी रहे हैं। फ़ुटबॉल उनका प्रिय गेम है। टेनिस भी देखते हैं। मार्टिना और सबातिनी के दाँव-पेच केवल घर में उन्हें ही समझ आते हैं।

टीवी में जब स्टार स्पोर्ट्स देखते हैं तो घर की महिलाएँ इसे देखते हुए उन्हें अजीब तरह से घूरती हैं। बाबू को लगता है कि उनके दो बड़े बच्चे उनके हाथों से फिसल रहे हैं। मलय और मनु दोनों ने ही पुरातनपंथी राह पकड़ ली है जिसका नये ज़माने में कोई फ़ायदा नहीं। भला संगीत अब कौन सुनता है। शास्त्रीय संगीत के कार्यक्रम में चुनिंदा लोग आते हैं। कितने बड़े फ़नकार बन जाओ आपको कोई नहीं जानेगा। मेडिकल साइंस में इतने पावरफुल एंटीबायोटिक हैं जिसके सामने बड़ी-बड़ी विपत्ति नहीं टिकती तो अविपत्तिकर चूर्ण क्या ख़ाक टिकेगा... लेकिन घर में विधाता ने एक चरक को भेज दिया है तो क्या कर सकते हैं।

कितनी बार कहा आयुर्वेदिक पढ़ ली तो कोई बात नहीं, एलोपैथी दवा की सलाह भी दो; यह असर करेगी और लोग डॉक्टर साहब के पास लौटेंगे। दुनिया रॉकेट की गति से आगे बढ़ रही है, किसके पास इंतजार करने का धैर्य है। महीनों तक काढ़ा पीते रहो तब कहीं जाकर वात-पित्त-कफ़ दूर होगा... क्या इतना इंतज़ार आज के ज़माने में सम्भव है।

उधर मलय, चरक का फ़ैन है और चरक त्रिदोष के सिद्धांत के जनक हैं। चरक के अनुसार दुनिया में तीन तरह के स्वभाव के व्यक्ति हैं वात, पित्त और कफ़ वाले। इनकी पहचान कैसे कर सकते हैं। उदाहरण के लिए तीन व्यक्ति स्टेशन में बैठे हैं और ट्रेन के आने में विलम्ब है। वात वाला व्यक्ति बिना कुछ बोले इधर-उधर घूमता रहेगा। पित्त वाला एक ही जगह बैठकर रेलवे सिस्टम को गाली देगा और कफ़ वाला चुपचाप इंतजार करता रहेगा।

रामाश्रय बाबू पित्त स्वभाव के व्यक्ति हैं, फिर भी मलय को अजीब लगता है कि आयुर्वेदिक दवाखाना चलाने के बावजूद उन्होंने आज तक एसिडिटी के लिए कोई आयुर्वेदिक दवा नहीं ली केवल एसीलॉक से काम चलाते रहे।

* * *

घर की ऊर्जा का केंद्र हैं मनु की माता जी- सुमति देवी। लोग कहते हैं कि मनु अपनी मम्मी पर गयी है और तनु अपने पापा पर। वो रोज़ सुबह जल्दी उठती हैं और अपनी मधुर आवाज में जाने कितने भजन गाती हैं। कितनी ही विपदा आ जाएँ, अपने देवता पर उनकी श्रद्धा अविचल है। शायद उनके देवता भी यह जानते हैं कि भयंकर विपदा भी इस भक्त को डिगा नहीं सकती इसलिए उनके भले के लिये सोचने का वक्त शायद देवता को नहीं है।

रामाश्रय बाबू के पास लोग आते हैं उनकी सोहबत का आनंद लेने; किसी भी राजनीतिक, सामाजिक मुद्दे पर अपने तर्क पैने करने। रामाश्रय बाबू के स्कूल से पढ़ा हुआ युवा किसी शास्त्रार्थ में विफल नहीं होता, चाहे उसका सामना शंकराचार्य और मण्डन मिश्र जैसे दिग्गजों से क्यों न हो जाए।

बनारस में विचारों की उर्वरा धरती, जहाँ चाय वाले के तर्क का सामना करना भी आपके लिए कठिन हो, ऐसे में चौक-चौपालों के मठाधीशों का सामना करने में रामाश्रय बाबू जैसे गुरुओं की टिप्स बड़ी काम आती हैं। वैसे रामाश्रय बाबू प्रकट रूप में इसे समय की बर्बादी मानते हैं, लेकिन भीतर से वे अपनी इस प्रतिभा को लेकर ख़ुश भी होते हैं और अपने शिष्यों की अविरल उपस्थिति का स्वागत करते रहते हैं। सुबह घर में और दोपहर दवाखाने में उनकी महफ़िल जमी रहती है।

माँ से भी मिलने वालों की कमी नहीं रहती। माँ की सोहबत का आनंद उन्हें सुनने में नहीं, उनसे अपना दुःख बाँटने में होता है। वे गहरी सहानुभूति से लोगों की तकलीफ़ सुनतीं... लोग अपनी ख़ुशियाँ भी उनसे साझा करते। एक बहुत गहरे भावनात्मक स्तर के सम्बन्ध लोगों से उनके बनते, इसके बावजूद वो घर में भी अपना पूरा समय देतीं। यह कमाल की विद्या है जिस पर रिसर्च भी हो सकती है। मैनेजमेण्ट में जो मल्टी टास्किंग सिखायी जाती है वे उसका जीवंत प्रमाण हैं।

* * *

रामाश्रय बाबू के छोटे भाई हैं श्याम बिहारी। यथा नाम तथा गुण। कृष्ण की तरह ही वे राजनेता, कूटनीतिज्ञ, सखा, छलिया सब कुछ हैं। दक्षिणपंथी विचारधारा रखते हैं और एक बड़ी पार्टी के मण्डल अध्यक्ष हैं। प्रिण्टिंग प्रेस का काम करते हैं, प्रचार-प्रसार से सम्बन्धित पार्टी का सारा काम देखते हैं। पार्टी को लेकर बहुत भावुक हैं और मिशनरी की तरह काम करते हैं। युवा थे तो चादरें भी उठायी थीं और अब भी इससे बहुत ऊपर नहीं उठ सके हैं। मुँहफट हैं इसलिए लोग इनके सामने मुँह नहीं खोलते। ख़ुशामद की विद्या में थोड़े कमज़ोर हैं इसलिए तरक़्क़ी की राह में भी तेज़ी से क़दम नहीं बढ़ा पा रहे।

एक बड़ा आरोप श्याम बिहारी पर ज़रूर लगाया जा सकता है कि उन्होंने भाई-भतीजावाद को बढ़ाया है, पत्नी को जिला महिला मोर्चा में बड़ा पद दिलाया है, यद्यपि उनकी मैडम की रुचि मोहल्ले की पॉलिटिक्स में अधिक है। उन्हें अपनी जेठानी की सोहबत अधिक पसंद है और इसका लाभ उन्हें महिला कार्यकर्ताओं की फौज के रूप में मिलता है जो जेठानी महोदया की ओर से उपकृत रहती हैं।

बेटा प्रखर भी स्टूडेण्ट पॉलिटिक्स में तेज़ी से आगे बढ़ रहा है। अपनी वक्तृत्व कला से उसने लोगों को चकित कर दिया है। पिता को लग रहा है कि उसका नाम प्रखर रखना संयोग नहीं था; श्याम बिहारी जो राजनीतिक ज़मीन तैयार नहीं कर पाये, उसे उनका बेटा सँवारेगा। प्रखर केवल अच्छा भाषण नहीं देता, उसमें वे सारे गुण-अवगुण मौजूद हैं जो उसे पॉलिटिकिली राइट ठहराते हैं। श्याम बिहारी की बिटिया गुंजन अभी बोर्ड का इम्तिहान दे रही है... घर की सबसे छोटी है और सबसे लाडली है।

* * *

घर से कुछ किमी दूर एक और दुनिया है, बीएचयू की दुनिया। यहाँ के हिस्ट्री डिपार्टमेंट में रामाश्रय बाबू के दोस्त अमरनाथ बाबू के लड़के शुभ ने एडमिशन लिया है। रामाश्रय बाबू ने भी अपनी पढ़ाई अमरनाथ

बाबू के साथ बीएचयू में ही की थी। यद्यपि दोनों के विषय अलग-अलग थे लेकिन संयोग से हुई दोस्ती बहुत गहरी हो गयी। उस समय अमरनाथ बाबू भी शुभ की तरह ही हॉस्टल में रहते थे और इकलौते डे-स्कॉलर जिनसे उनकी गहरी दोस्ती थी, वे रामाश्रय बाबू थे। उस समय रामाश्रय बाबू के घर वो अक्सर आया करते थे।

नौकरी में आने के कुछ साल बाद उनका साथ बनारस से लगभग छूट-सा गया और इतने क़रीब रहते हुए भी दो-तीन साल में एकाध बार ही रामाश्रय बाबू से मिल पाते थे। शुभ को उन्होंने विशेष रूप से रामाश्रय बाबू से मिलने को कहा था, साथ ही यह भी निर्देश दिये थे कि अब समझो कि तुम्हारा घर बनारस में शिफ्ट हो गया है; रामाश्रय से मिलते रहो।

* * *

और ऐसे ही रविवार की सुबह रामाश्रय बाबू और परिवार से मिलने शुभ उनके घर पहुँचा।

किशन दरवाजे के पास ही सामान लाने निकल रहा था। उसने किशन को अपना परिचय बताया। किशन ने उसे बिठाकर जानकारी दी, "बाबू पूजा कर रहे हैं, आधे घण्टे में फ़्री हो जाएँगे, उन्होंने आपको बैठने कहा है।"

शुभ ने बैठक का नज़ारा देखा। बहुत से बुज़ुर्गों की तस्वीरें लगी थीं और एक जगह विश्वनाथ की बड़ी तस्वीर विराजित थी। दीवारों पर इतनी सारी तस्वीरें देखना अच्छा लगता है- शुभ ने सोचा। ये परिवार अपने पितरों को बहुत महत्व देता होगा। एक फोटो ने शुभ का ध्यान विशेष रूप से खींचा... एक बच्ची एक बुज़ुर्ग की गोद में बैठी है और हारमोनियम बजा रही है। कुछ समय बाद अंदर से किसी के गाने की आवाज़ आयी। कोई लड़की फिराक की प्रसिद्ध ग़ज़ल गा रही थी... *"बहुत पहले से उन क़दमों की आहट जान लेते हैं, तुझे ऐ ज़िंदगी, ऐ जिंदगी हम दूर से पहचान लेते हैं।"*

बनारस के पुण्य-क्षेत्र में उसने अभी तक धार्मिक गीत ही सुने थे; जब

भी वो घाटों के पास पहुँचता, उसे लगता कि वो एक पुराने समय में आ गया है। बीएचयू से पेशवा घाट पहुँचते-पहुँचते ही पूरी एक सदी का फ़र्क़ उसे महसूस होता।

अभी गाना समाप्त हुआ भी नहीं था कि मनु की माता जी पानी लेकर पहुँचीं। उनके पास शुभ के बचपन के बहुत से क़िस्से थे। शुभ को लगा कि इलाहाबाद से इतनी दूर भी एक स्नेहमयी माँ बैठी हुई हैं।

माता जी ने कहा, ''अब आये हो तो तुम्हें आसानी से नहीं छोड़ेंगे, हमें दिन भर की मेहमाननवाज़ी का मौक़ा दो।''

शुभ ने कहा, ''आण्टी मैं मेहमान थोड़ी न हूँ; आपसे कुछ देर बात की और लगा ही नहीं कि मैं आपसे बरसों बाद मिल रहा हूँ... जब भी बोर होऊँगा आपके पास आ जाऊँगा।''

इतने में रामाश्रय बाबू भी बैठक में आ गये। उन्होंने बनारस का परम्परागत तिलक लगाया था, लेकिन कपड़े एकदम आधुनिक थे। उन्होंने टी-शर्ट और पायजामा पहना था और एकदम रौबदार लग रहे थे।

शुभ ने बाबू के पैर छुए और बताया, ''पापा ने पहले ही दिन आपसे मिलने को कहा था लेकिन हॉस्टल में शिफ़्ट होने के कुछ दिनों तक समय ही नहीं मिल पाया।''

रामाश्रय बाबू ने पूछा, ''यहाँ कौन-सा कोर्स करने आये हो?

शुभ ने बताया, ''प्राचीन भारत पर एक कोर्स करने आया हूँ।''

बाबू थोड़ा निराश लगे, कहा- ''बचपन में तुम बहुत प्रतिभाशाली थे... वो कहते हैं न *'होनहार बिरवान के होत चीकने पात'*; तब मैंने अमरनाथ को भविष्यवाणी की थी कि तुम्हारा लड़का ज़िंदगी में बहुत तरक़्क़ी करेगा... सच कहूँ आज मैं थोड़ा निराश हुआ हूँ; तुम्हें बीएचयू में ही इंजीनियरिंग या मेडिकल में एडमिशन लेना था। तुम अच्छे लड़के थे, तुम्हारा करियर काफ़ी ब्राइट होता।'' फिर उन्होंने कहा, ''यह भी होता है कि भविष्यवाणियों के दो हिस्से होते हैं; भविष्यवक्ता कौण्डिन्य ने राजा

शुद्धोधन को सिद्धार्थ के बारे में कहा था न, यह बालक या तो चक्रवर्ती राजा निकलेगा या संन्यासी; तुम भी सिद्धार्थ की तरह हो गये और इतिहास खोजने निकल गये; बिलकुल संयोग है कि तुमने भी शुरूआत बनारस से ही की।''

शुभ को बुरा नहीं लगा। उसने मन में सोचा कि बाबू के लिए चक्रवर्ती राजा का दर्जा भले ही बड़ा हो, वो तो बुद्ध का उपासक है और इतिहास में कितने चक्रवर्ती राजा हुए होंगे, लेकिन इतिहास क्या उन्हें याद रखता है; इतिहास ने तो केवल बुद्ध की स्मृतियों को सँजोकर रखा है। पापा ने शुभ को पहले ही रामाश्रय बाबू के सारे गुणों-अवगुणों का हिसाब-किताब दे दिया था। पापा ने आखिर में कहा था कि वो तो बिलकुल तरुणसागर महाराज है... कड़वे वचन वाला, दिल का बहुत सच्चा है।

रामाश्रय बाबू ने कहा, ''तुम्हारे पापा गणित में बहुत अच्छे थे और उन्होंने इसी के बूते ज़िंदगी में अच्छी पोजीशन ली; उन्हें बहुत बुरा लगा होगा जब तुमने आसान से करियर को छोड़कर जीवन की मुश्किल राह अपना ली। इसमें तुम कितना पैसा बना पाओगे... जब ज़िंदगी की ज़रूरतें भारी पड़ने लगेंगी तो पछताओगे... अब भी समय है एमबीए जैसा प्रोफ़ेशनल कोर्स कर लो बेहतर रहेगा।''

रामाश्रय बाबू के कड़वे प्रवचन के घूँट अभी चल ही रहे थे कि बैठक में मनु ने प्रवेश लिया। वो तुलसी-अदरक-शहद वाली चाय लेकर आयी थी।

रामाश्रय बाबू ने परिचय कराया, ''ये मेरी बड़ी बेटी मनु है, ये भी बीएचयू में ही है; अभी फैकल्टी आफ परफ़ार्मिंग आर्ट्स में पढ़ाई कर रही है।''

शुभ को चाय बड़ी अच्छी लगी। उसने पूछा, ''ये कैसी चाय है?''

मनु ने बताया, ''हमारे भैया को आयुर्वेद में बड़ी दिलचस्पी है;

पिछली बार जब बहुत सर्दी पड़ी तो उन्होंने एक हुक्म जारी कराया कि सर्दियों तक घर में अदरक-तुलसी-शहद वाली चाय ही बनेगी; इसका हम सबको फ़ायदा हुआ और सर्दियों के बाद भी हमने इसे जारी रखा।''

रामाश्रय बाबू ने कहा, ''हमारे दादा जी बताते थे कि अँग्रेज तो घर-घर मुफ़्त में चाय पिलाते थे ताकि लोगों को चाय की आदत पड़ जाए... फिर उन्हें बड़ा मुनाफा होने लगा।''

चाय पीने के बाद शुभ ने विदा ली।

रामाश्रय बाबू ने कहा, ''जल्दी-जल्दी आते रहोगे तो अच्छा लगेगा।''

ईमाँ मुझे रोके है जो खींचे हैं मुझे कुफ़्र ...

शुभ इलाहाबाद युनिवर्सिटी से आया था। इलाहाबाद में पीसीएस का अच्छा माहौल है। इसका विपरीत प्रभाव भी पड़ा है कि वहाँ अधिकतर लड़के, किताबें प्रतियोगी परीक्षा क्लियर करने के लिये ज़्यादा पढ़ते हैं, ज्ञान पाना द्वितीयक उद्देश्य हो जाता है। इधर बीएचयू में उसने अलग-सा वातावरण महसूस किया। हॉस्टल में भी देर-देर तक बहसें छिड़ी रहतीं। इस बहस की दिशा अक्सर राजनैतिक होती, लेकिन सांस्कृतिक, सामाजिक कोई भी हिस्सा नहीं छूटता।

शुभ को अलबरूनी की याद आयी... क्या यह संयोग था कि अलबरूनी ने संस्कृत सीखने के लिये इसी शहर में रहने का निश्चय किया। अलबरूनी के समय भी ऐसा ही दिलचस्प माहौल रहा होगा, यद्यपि अलबरूनी को हिंदू दर्शन से निराशा हुई थी। ऐसी बहस में भाग लेने पर हर बार शुभ को महसूस होता कि हर बनारसी के अंदर कहीं न कहीं थोड़ा-सा बुद्ध अवश्य है। ज्ञान की इतनी गहराई और माहौल की गहरी समझ, यह बनारस के लोगों में कहाँ से आती है!

कहते हैं कि बतरस बनारस का रंग है। यहाँ के लोगों को गप मारने में रस मिलता है। पान की दुकानों में और चाय की टपरियों में चुस्की लेते लोग बतरस का आनंद लेना शुरू कर देते थे। जब आप बतरस के शौक़ीन हो जाते हो तो दुनिया भर का ज्ञान का ख़ज़ाना आपके पास जमा होने लगता है।

इलाहाबाद की एक कॉलोनी में रहने वाले शुभ के लिए यह विशाल दुनिया थी। सामान्य औसत-सा दिखने वाला व्यक्ति भी इतनी विलक्षण बातें कह जाता कि उसे यह कबीर और सुकरात की तरह का सूक्ति-वाक्य लगने लगती।

इस माहौल में उसे कुछ क़रीबी दोस्त मिले, इनमें सबसे क़रीबी था श्याम। श्याम जौनपुर के अंदरूनी गाँव से आया था। यूपी में हज़ारों की आबादी के बीच शायद ही किसी गाँव में कलेक्टर पहुँच पाते हों और जब कलेक्टर आते हैं तो उनका अलग ही रौबदाब होता है और पटवारी महाशय तो बिलकुल उनके सामने आगे-पीछे होने लगते हैं। ऐसे ही एक बार श्याम के स्कूल में कलेक्टर महोदय का आगमन हो गया। कलेक्टर ने सामान्य ज्ञान के कुछ प्रश्न पूछे और शिक्षकों से कहा, "लड़का हुनरमंद है इसको पीसीएस की तैयारी करानी चाहिए।" जबसे पिता ने यह सुना, तब से उसे अधिकारी बनाने के मिशन मोड में लगे हैं और बीएचयू में एडमिशन इसकी कड़ी है।

शुभ ने अपने मन में हॉस्टल के लड़कों की दोस्ती करने के हिसाब से ग्रेडेशन लिस्ट बनायी थी, इसमें नम्बर दो की भूमिका में उसने सत्येंद्र सिंह को रखा। सत्येंद्र सामंती पृष्ठभूमि से आया था। तुनकमिज़ाजी उसके स्वभाव का हिस्सा थी, सामंती समाज के कुछ अवगुण भी उसके भीतर थे लेकिन उसका दिल मोम जैसा था। दोस्तों के लिए हमेशा खड़े हो जाना उसका स्वभाव था... दान-दक्षिणा में, अर्थात मुफ़्त चाय पिलाने में, नाश्ता कराने में पीछे नहीं हटता इसलिए हास्टल के सबसे लोकप्रिय छात्रों में शुमार हो गया था।

* * *

शुभ के लिए यह माहौल स्वर्ग जैसा समय था। उधर हिस्ट्री के देश के सबसे अच्छे प्रोफ़ेसरों की क्लास, इधर सुबह की बतरस और शाम को दोस्तों के साथ छिड़ा शास्त्रार्थ... ज़िंदगी में और इससे बेहतर क्या चाहिए।

बीएचयू की लाइब्रेरी बहुत समृद्ध है। अँग्रेज़ी इतिहासकारों विन्सेंट स्मिथ और मालेसन, जिनके नाम ही उसने अब तक इलाहाबाद के अपने कॉलेज में पढ़े थे, अब उनकी मूल पुस्तकें पढ़ने का मौक़ा उसे मिल रहा है। यह लेखन इतना अच्छा था कि उसे कई बार तो ब्रिटिश राज पर भी गौरव होने लगता। वो अपनी कल्पना में दो सौ साल पहले डलहौजी और वेलेजली के काल में चला जाता जहाँ महज़ छत्तीस और सैंतीस साल की आयु में इन लोगों को भारत का मुकुट हासिल हो गया था।

शुभ के मन में अजीब-सा द्वंद्व चलता... शाम का सूरज ढल रहा है और दोस्तों की महफ़िल गार्डन में जमने वाली है। वहाँ बहस में हिस्सा लेते हुए सूर्यास्त का नज़ारा देखे या ब्रिटिश राज के सूर्योदय का नज़ारा मालेसन की पुस्तक में पढ़े। फिर बनारसी रंग उसके ऊपर हावी हो जाता और वो गार्डन में चला जाता। जाते वक़्त वो गाँधी की तरह द्वंद्व का शिकार होता। जैसे गाँधी इंग्लैंड में बैरिस्टरी की पढ़ाई के दौरान सोचते थे कि मैं यहाँ डांस सीख रहा हूँ, अच्छे कपड़े सिलाता हूँ... लेकिन मैं तो विद्यार्थी हूँ और मुझे केवल पढ़ना चाहिए। फिर भी कोई अदृश्य शक्ति उसे गार्डन की तरफ़ खींचकर ले जाती। *"ईमाँ मुझे रोके है जो खींचे है मुझे कुफ़्र, काबा मेरे पीछे है कलीसा मेरे आगे।"* वहाँ पहुँचकर इस सही-ग़लत के द्वंद्व से उसे मुक्ति मिल जाती क्योंकि हॉस्टल के एक-दो भीषण अध्यवसायियों को छोड़कर सभी वहाँ पवित्र शाम का आनंद लेने मौजूद होते।

* * *

बीएचयू कैंटीनः दोपहर का समय

प्रोफ़ेसर लालबहादुर की हिस्ट्री की दिलचस्प क्लास के बाद छायादार पेड़ों से घिरे रास्तों के बीच चाय की चुस्कियों के लिए कैण्टीन जाना भी रोज़ का दस्तूर था। पता नहीं क्यों कवियों और शायरों ने केवल शाम और

सुबह के रंग ही लिखे हैं, दोपहर की ख़ूबसूरती का ज़िक्र नहीं किया। वे अगर बीएचयू कैम्पस में होते तो निश्चित ही दोपहर का रंग भी इनकी कविता में नज़र आता। बीएचयू की कैंटीन एक तरह से क्लास का विस्तार होती थी। जो लड़के अपने विचार प्रोफ़ेसरों के सामने रखने में हिचकते, वे यहाँ जमकर बौद्धिक बहस करते। दक्षिणपंथी विचारों वाले लड़के वामपंथी प्रोफ़ेसरों के कथनों का पोस्टमार्टम करते और कामरेड अपने प्रोफ़ेसरों का बचाव करते।

शुभ और श्याम चुपचाप शांति से ऐसी बहस सुना करते और इनसे समृद्ध होते रहते। अभी वे बैठे ही थे कि दो लड़कियों ने कैण्टीन में प्रवेश किया। इनमें से एक लड़की ने शुभ का अभिवादन किया। लड़की ने भाँप लिया कि शुभ ने उसे पहचाना नहीं है।

फिर शिकायती अंदाज़ में कहा, ''आप इतनी जल्दी अदरक-तुलसी की चाय का स्वाद भूल गये!''

शुभ ने मनु को बैठने का इशारा करते हुए श्याम से उसका परिचय कराया। मनु ने भी अपनी दोस्त गीता का परिचय कराया।

शुभ ने मुस्कुराते हुए कहा, ''मनु! आज हम लोगों को लालबहादुर सर ने सामंती व्यवस्था के बारे में बताया। उन्होंने ताजमहल का उदाहरण दिया। देखो, मज़्दूरों ने इतना अच्छा ताजमहल बनाया, लेकिन उन्हें कौन पूछता है; लोग तो यही कहते हैं कि अपनी बीवी को शाहजहाँ ने मोहब्बत का एक ख़ूबसूरत तोहफ़ा दे दिया।''

मनु ने खिन्नता जताते हुए कहा, ''मजदूरों को तो कम से कम मजदूरी भी मिल ही गयी होगी, मुझे तो आपसे चाय भी नहीं मिल पा रही है।''

शुभ ने कहा, ''कार्यादेश जारी किया जाता है।'' और चार कप चाय का ऑर्डर दे दिया।

शुभ ने मनु से पूछा, ''उस दिन जब मैं आपके घर आया तो अंदर कोई जगजीत की ग़ज़ल गा रहा था।''

मनु ने मुस्कुराते हुए कहा "हाँ मैं यह शौक़ फरमा लेती हूँ।"

शुभ ख़ुश हुआ और कहा, "इससे मैंने एक तीर से दो निशाने मार लिये।"

मनु ने पूछा, "कैसे?"

शुभ ने बताया, "मेरे मन में दो प्रश्न थे; एक बच्ची की तस्वीर आपके घर लगी है, एक दादा जी के साथ हारमोनियम के पास बैठी हुई लड़की की, वो भी आप ही हैं न! मैंने एक प्रश्न से दोनों प्रश्नों के समाधान पा लिये।

मनु ने हामी भरी और कहा, "आपके जाने के बाद मम्मी ने हम लोगों को आप लोगों की ढेर सारी बातें बतायीं। मम्मी बता रही थीं कि जब आप लोग बनारस में थे तब वीकेंड पर अक्सर वे लोग पिकनिक जाया करते थे; राजदरी फॉल के पास नहा-धोकर अलग-अलग तरह की डिश का स्वाद लेते; उधर बच्चे खेलते रहते और बड़े लोग बातें करते रहते... कितने सुखदायी दिन रहे होंगे वे, अब तो लोगों के पास समय ही नहीं; मैंने तो पिकनिक शब्द ही बहुत दिनों के बाद सुना।"

शुभ ने भी हामी भरी, कहा, "हाँ हमारे घर में इसकी एलबम रखी हुई है, इसमें मेरी भी एक फोटो है फ़ुटबॉल खेलते हुए; पिकनिक सचमुच जादू भरा शब्द है... आण्टी से मिलकर मुझे भी बहुत अच्छा लगा, यद्यपि मेरे मन में उनकी बहुत धुँधली-सी याद ही बाक़ी थी।"

चाय ख़त्म करते ही मनु ने शुभ से जाने की इजाज़त माँगी और घर आने के शिष्टाचार को दोहराया।

शुभ ने बताया, "अभी इलाहाबाद जा रहा हूँ, वापस लौटते ही ज़रूर आऊँगा।"

* * *

सिंधिया की किचन ट्रेन...

इलाहाबाद में शुभ के घर....

"भैया, आपको तो बनारस का रंग पूरी तरह चढ़ गया... इलाहाबाद छोड़ने का दुःख-दर्द चेहरे पर नज़र ही नहीं आता, बस होंठो में बनारसी पान नहीं है बाक़ी पूरा रंग बनारस का चढ़ा हुआ है।" छोटी बहन ने आते ही अपनी टिप्पणी दर्ज करा दी।

शुभ ने कहा, "हाँ मेरे जैसे शायराना व्यक्ति के लिए तो वही जगह है। यहाँ रघुपति सहाय, धर्मवीर भारती रहे होंगे लेकिन वो तो कबीर की नगरी है। प्रेमचंद और प्रसाद ने उसे समृद्ध किया है। ग़ालिब ने भी बनारस की सुबह और शाम की तारीफ़ की है; इलाहाबाद में वो रंग नहीं जो बनारस में है।"

बनारस की ऐसी तारीफ़ बहन को पसंद नहीं आयी। उसने कहा, "इलाहाबाद में गंगा-जमुना और सरस्वती तीनों हैं; अमिताभ यहीं के हैं; नेहरू की पैदाइश हुई, अमृत बूँदे गिरीं, उसकी तुलना में बनारस क्या है।"

"बहन तुम इतनी बड़ी हुई, कभी संगम में बैठी क्या? बनारस के घाट

में देर तक बैठोगी तो समझ आएगा कि क्यों मार्क ट्वेन ने कहा कि बनारस इतिहास से भी पुरातन है; परम्पराओं से पुराना है किंवदंतियों से भी प्राचीन है।''

''इतनी कठिन बात मुझे समझ नहीं आती और केवल गंगाजी के तट में बैठने से ज़्यादा मज़ा तो संगम पर आयेगा, ऐसा मुझे लगता है; तुम वहाँ पहुँचकर बदल गये भैया।''

''तुम भी ससुराल पहुँचकर ऐसी ही हो जाओगी, फिर मैं भी तुम्हें चिढ़ाऊँ तो!''

''मैं तो शादी नहीं करूँगी।'' झुँझलाते हुए बहन ने कहा।

फिर खाने के टेबल पर पूरा परिवार बैठा। पापा ने पूछा, ''पढ़ाई में मन लग रहा है?''

शुभ ने कहा, ''भरपूर; अपने स्पेशलाइजेशन का सब्जेक्ट पढ़ने में तो बहुत अच्छा लगता है।''

माँ ने कहा, ''बनारस में गपोड़ी लोग बहुत मिलते हैं; ये लोग शैतान होते हैं, पूरा समय घाटों में बिता देते हैं। वहाँ अधिकतर लड़के भँगेड़ी हैं जो बच जाते हैं उनका चाय के बग़ैर गुज़ारा नहीं होता इसलिए तो बनारस में जहाँ देखो वहीं चाय और पान की दुकानें हैं।''

पापा ने कहा, ''हाँ समय का बहुत अपव्यय होता है वहाँ पर। हम लोगों ने तो इंजीनियरिंग कर ली तो बच गये। साहित्य वाले हमारे कई दोस्त तो आज भी बमुश्किल गुज़ारा कर रहे हैं, उन्हें जो गप मारने की आदत लगी वो छूटी नहीं।''

बहन ने कहा, ''भैया ने भी तो ऐसी ही राह पकड़ ली है; आज क्या-क्या कह रहा था, ग़ालिब, निराला, कबीर; मुझे तो इसके लक्षण ठीक नहीं लग रहे, इसको आप कान पकड़कर वापस बुला लीजिए।''

पापा बोले, ''इसको मैंने इतना समझा लिया, जितना जसवंत सिंह ने स्ट्रोब टालबोट को नहीं समझाया होगा और न ही जयललिता को समझाया

होगा। ये पैदाइशी आलसी है तुम्हारे चाचा की तरह, इससे हमारे जैसा काम नहीं होगा; बरसों से सुबह से ही फ़ील्ड पर तैनात होकर कितने बाँध और स्टॉप डैम हम लोगों ने बना लिये।''

शुभ ने कहा, ''मेरा सामान्य ज्ञान उतना भी कमज़ोर नहीं है पापा, अधिकतर बड़े बाँध तो नेहरू ने ही बनवा दिये, फिर आपके लिए क्या बचा। छोटे-छोटे स्टॉप डैम बनाकर आप क्रेडिट ले रहे हैं।''

माँ बचाव में आयी, ''जब शुभ छोटा था तो इसके स्कूल की डायरी में लिखकर आया था, बच्चे के लिए एक मौलिक कविता लिख दो नदी पर, वो भी आप नहीं लिख सके थे। फिर इतनी सारी नदियों को बाँधने का क्या फ़ायदा। ग़ालिब और निराला का काम आसान है क्या। एक अच्छी पंक्ति लिखना भी बहुत मुश्किल होता है।'' फिर माँ ने पूछा, ''वहाँ हॉस्टल में खाना कैसा है।''

शुभ ने कहा, ''बहुत अच्छा नहीं है, तरी में आलू के कुछ टुकड़े तैरते मिल जाते हैं, रोटी अधसिकी रहती है।'' फिर माँ को ख़ुश करते हुए कहा, ''यहाँ आकर माँ की इज़्ज़त और बढ़ गयी है।''

बहन ने कहा, ''माँ आप वहाँ कैंटीन चला लो, खूब चलेगी।''

''इतनी बड़ी शेफ़ की प्रतिभा कैंटीन में क्यों खराब करोगी, माँ को तो होटल ताज में या किसी राजघराने में शेफ़ की नौकरी मिल जाएगी।'' शुभ ने कहा।

''और ग्वालियर के राजमहल में सिंधिया की किचन ट्रेन में माँ का खाना आएगा... जैसे ही माँ के गाजर के हलुए की ख़ुशबू ज्योतिरादित्य के नाक में पहुँचेगी वे ट्रेन रुकवाएँगे और वेटर उनकी कटोरी में गर्मा-गर्म गाजर का हलुवा डाल देगा।'' शुभ ने अपनी कल्पना की उड़ान को और ऊँचाई दी।

''फिर तो हम लोगों को भी नौकरी नहीं करनी पड़ेगी, पापा रिटायरमेंट ले लेंगे, भैया को बीएचयू की अधपकी रोटी नहीं खानी पड़ेगी, रोज गाजर का हलुआ और शाही पनीर का दौर चलेगा।''

पापा ने कहा, ''तुम लोगों का हलुआ पंचतंत्र की कहानी के पण्डित का हलवा है, सपना टूटा और हलवे का मटका भी फूटा।''

''हमारी माँ के रहते हम इतने बदनसीब नहीं हैं पापा, हम घर में ही रामराज्य ले आएँगे, मतलब सिंधिया राज घर में ही उपलब्ध हो जाएगा; माँ हर दिन गाजर का हलवा और शाही पनीर का दौर यहाँ भी चला सकती हैं।''

माँ ने कहा, ''तेरे रहते तक ज़रूर मास्टरशेफ़ की ओर से रोज़ गाजर का हलुआ मिल जाएगा।''

* * *

ये दिल माँगे मोर ...

इलाहाबाद से बनारस का ट्रेन का सफ़र 124 कि0मी0 का है। अंतिम समय में टिकट बनाने जाएँ तो रिजर्वेशन श्रेणी में कन्फ़र्म टिकट मिलने में थोड़ी दिक़्क़त तो होती है, मगर यदि टिकट मिल गयी तो आराम से बैठने-लेटने की जगह मिल जाती है। वहीं लोकल ट्रेन में और जनरल डिब्बे में तो युद्धस्तर की चुनौती रहती है। इस यात्रा-युद्ध में खड़े योद्धा की नज़र पूरे समय गिद्ध-दृष्टि की तरह ख़ाली होने वाली सीट पर गड़ी रहती है और किसी स्टेशन पर यह ख़ाली हो जाए तो कुर्सी दौड़ की तरह आप भाग्यशाली विजेता हों तो सीट पर अपना शेष सफ़र तय कर सकते हैं।

इस बार शुभ को जनरल डिब्बे की यात्रा में एक आर्मी ऑफ़िसर के बग़ल में जगह मिली है। पिछली बार जब पापा के साथ आए तो एक टीटी बग़ल में ही बैठकर आये। पुलिस ऑफ़िसर और टीटी बड़े स्मार्ट होते हैं; ऐसा लगता है कि इनका पीसीएस ऑफ़िसर के रूप में चयन होना था, किसी वजह से यहाँ आना पड़ गया। शुभ की जिज्ञासा अलग-अलग तरह के काम करने वाले व्यक्तियों के जॉब प्रोफ़ाइल में और उनके जीवन में है। बहुत बार यह भी होता है कि आपका जॉब प्रोफाइल ही आपके जीवन की

दिशा भी तय करता है। उदाहरण के लिये सैनिकों की ज़िंदगी सिविलियन लाइफ़ से काफ़ी अलग होती है। ब्रिटिश लाइफ़स्टाईल और मुग़लिया दौर के शाही खेमों की ज़िंदगी ने वर्तमान भारतीय सैन्य प्रणाली को भी काफी प्रभावित किया है।

आज ही शुभ ने एक खबर पढ़ी-इसकी हेडिंग थी, *'इंडियन ऑफ़िसर पनिश्ड फ़ॉर स्टीलिंग द अफ़ेक्शन आफ फेलो आफिसर्स वाइफ़।'* शुभ के बग़ल में एक आर्मी ऑफिसर बैठा हुआ था। आर्मी की ज़िंदगी जानने-समझने का यह अच्छा मौक़ा था। शुभ ने आरम्भिक परिचय लिया। आर्मी ऑफ़िसर ने बताया कि उसका नाम दिनेश पाण्डेय है और वो गोरखपुर के एक ब्राह्मण परिवार से है और राजपूताना राइफ़ल्स में लेफ़्टिनेण्ट है। फिर दिनेश ने विस्तार से आर्मी में प्रवेश की कहानी सुनायी।

"गाँव में आर्मी को लेकर ज़बर्दस्त क्रेज था। जब जवान घर लौटकर आते थे तब देश-दुनिया के क़िस्से सुनाते थे। हमारा गाँव किसी भी मायने में पंजाब के किसी गाँव से कम नहीं है, जहाँ हर दो घर को छोड़कर किसी एक घर में कोई सदस्य आर्मी में ज़रूर है। कहीं तो ऐसा है कि सारे बेटे आर्मी में हैं। मेरी सबसे ज्यादा दिलचस्पी नेवी के जवानों के क़िस्से में होती थी। वे बताते थे कि उनका युद्धाभ्यास दूसरे देशों के समुद्र तटों में होता था। जब जहाज एक बंदरगाह से दूसरे बंदरगाह जाने के लिए लंगर डालता था, तब एक पहर की छुट्टी होती थी और वे बाज़ारों में घूमते थे। कोई इस्ताम्बुल के बाज़ार में सीफूड का आनंद लेता, शौक़ीन लोग किसी नाइट क्लब में चले जाते और पूरा समय डांस देखते। गाँव में हमारे क़रीबी रिश्तेदार कभी धार्मिक नियमों को नहीं तोड़ते, वे केवल ऐतिहासिक स्थलों को देखकर, शॉपिंग मॉल का चक्कर लगाकर वापस आ जाते। फिर वे अपने दोस्तों के क़िस्से बताते। आर्मी में रहने से पूरे देश में उनके दोस्त बिखरे हुए होते। कश्मीर से लेकर कन्याकुमारी कहीं भी वे चले जाएँ, हर जगह उनके दोस्तों के परिवार हैं। ऐसी ज़िंदगी की मुझे भी कामना थी। पहले एनडीए दिलाया, कोचिंग नहीं कर पाया था और अपने पर भरोसा भी नहीं था। फिर सीडीएस दिलाया और सफल रहा। नेवी के लिए उम्र निकल गयी थी, थल-सेना में

चयन हो गया।

शुभ ने कहा, ''मुझे भी आर्मी का विज्ञापन बहुत अच्छा लगता था। बनो एक आर्मी आफ़िसर, रहो आजीवन विजेता। लेकिन उनकी ट्रेनिंग देखकर फ़ॉर्म भरने की हिम्मत नहीं हुई।''

''हाँ ट्रेनिंग तो बहुत टफ़ होती है कई लोगों की शाम तो रोते-रोते गुज़रती है।'' दिनेश ने कहा।

''एक चीज़ मेरे मन में हमेशा आती है आपके रोल को लेकर; आप लोग बड़ी दुविधा में रहते होंगे, एक सैनिक क्यों सेना में भर्ती लेता है ताकि अपनी वीरता दिखा सके... लेकिन वो यह भी नहीं चाहता कि उसे ज़िंदगी में कभी जंग देखनी पड़े, क्योंकि जंग का मतलब तो सबके लिए तबाही होता है।'' शुभ ने पूछा।

''हममें से अधिकतर सैनिक इतने फिलासफर नहीं होते, हम लोग हर पल जीते हैं। युद्ध की स्थिति में हमारी नजर दुश्मन पर रहती है। आने वाले समय के गर्भ में क्या है हम लोग परवाह नहीं करते, यहाँ तक कि जब मौत आसन्न हो तब भी नहीं। आपने कैप्टन विक्रम बत्रा का इण्टरव्यू देखा होगा करगिल युद्ध के मौके का; वो जोश से भरकर कह रहे थे, ये दिल माँगे मोर और अगले दिन वो शहीद हो गये। जब मैं ट्रेनिंग के बाद पहली बार बटालियन में नियुक्त हुआ तो चारों तरफ इण्डियन आर्मी के संदेश लिखे हुए थे। एक संदेश इस प्रकार से था, यदि आप कहते हैं कि मुझे मौत से डर नहीं लगता तो या तो आप झूठ बोल रहे हैं या आप इण्डियन आर्मी में हैं।'' अपनी आर्मी ड्रेस में लगे बहुत से तमग़ों को देखकर दिनेश ने कहा।

अपनी बात आगे बढ़ाते हुए उसने कहा, ''सीमा पर हमेशा तनाव का माहौल रहता है... जो लोग सियाचिन में हैं वे लगातार युद्धरत हैं। अभी करगिल का संकट हुआ, श्रीलंका, कांगो और बोस्निया में हम लोगों ने पीसकीपिंग की।''

''हम लोगों ने चंद्रधर शर्मा गुलेरी की एक कहानी पढ़ी थी 'उसने कहा था'। कहानी का नायक लहना सिंह प्रथम विश्वयुद्ध में बेल्जियम में

शहीद होता है। इस कहानी के रूमानियत से भरे प्रेम के पक्ष ने तो मुझे लुभाया ही, साथ ही यह भी लगा कि भारतीय सेना में होने का मतलब उस समय ग्लोबल आर्मी में होने जैसा था क्योंकि ब्रिटिश साम्राज्य का सूरज कभी अस्त नहीं होता था और जहाँ भी ज़रूरत पड़े, सैनिकों को वहाँ जाना होता था।'' शुभ ने कहा।

''बिलकुल... हम लोग ग्लोबलाइजेशन की बात करते हैं कि 1990 से ग्लोबलाइजेशन आया और फिर हम मान लेते हैं कि 1990 से पहले हमारे दुनिया से सम्पर्क बेहद सीमित थे। सच में ऐसा था क्या? क़तई नहीं; नेवी वाले हमारे भैया जब इराक़ गये तो उन्होंने मैसापोटामिया सभ्यता का म्यूज़ियम देखा, वहाँ हड़प्पा सभ्यता के मनके रखे हैं।'' दिनेश ने कहा।

फिर थोड़ा रुककर अपनी बात बढ़ायी, ''आज हममें से अधिकांश सैनिकों की पूरी सेवा अवधि देश ही में निकल जाती है जबकि ब्रिटिशर्स के समय दुनिया भर में भारतीयों ने युद्ध किये। उन्होंने इज़राइल में हैफ़ा में युद्ध किया, मैसापोटामिया के मैदानों में युद्ध किया। मैगीनॉट लाइन में दुर्धर्ष जर्मन सैनिकों को धूल किसने चटायी। आज हमारे पास इण्टरनेट हैं। टेलीविज़न है। बीबीसी में दुनिया भर के समाचार देखने मिलते हैं... लेकिन उस जमाने में गोरखपुर के किसान परिवार में जन्मे एक व्यक्ति के लिए सैनिक के रूप में सफ़र बड़ा दिलचस्प और डरावना होता होगा। वो न जाने कितने मील अपने छोटे से जीवनकाल में नाप लेता होगा। इनमें से अधिकांश सैनिक कभी अपने वतन लौट भी नहीं पाते होंगे और चोट से बेहाल अपने पूर्वजों का लिखा याद करते होंगे, जहाँ दूब नहीं उगती और जहाँ चिंकारा विचरण नहीं करता, ऐसी जगह कलियुग में वर्ज्य है।''

शुभ ने कहा, ''अभी एक फ़िल्म बन रही है मंगल पाण्डे के जीवन पर... लेकिन कंट्रोवर्सी भी है इसमें, इसमें बटालियन के पास ही नर्तकियों का टोला रहता है। कुछ सैनिक यहाँ नाच-गाना देखने और समय बिताने जाते हैं।''

''देखो शुभ, दो बातें हैं; सैनिक भी स्वर्ग से उतरकर नहीं आते, वे भी सिविलियन जैसे होते हैं, उनके अंदर भी अच्छाइयाँ और बुराइयाँ होती हैं।

मिलेट्री कैंटीन में शराब सब्सिडाइज़्ड मिलती है। ब्रिटिश समाज में इसकी स्वीकार्यता है और भारत में भी शाही ख़ेमों में रही होगी तभी अँग्रेज़ों ने यहाँ भी कैम्प में शराब उपलब्ध करायी। इसके साथ ही यह भी देखो कि शराब को उपलब्ध कराने से अँग्रेज़ों को फ़ायदे थे। रेवेन्यू के लिहाज़ से इससे काफ़ी बजट आता था। शराब का शौक़ रखने वाले अपने को अँग्रेज़ी संस्कृति के क़रीब मान सकते थे क्योंकि भारत में इसे बुरा माना जाता था। वो तो ग्लैडस्टन जैसे लोगों का तर्क देते थे कि सबसे स्वीकार्य ब्रिटिश प्रधानमंत्री ग्लैडस्टन नैतिक मामले में बहुत ऊँचे थे और शराब का शौक़ रखते थे।'' दिनेश ने कहा।

''आप भी यह शौक़ फरमाते हैं?'' शुभ ने पूछा।

''नहीं, मेरे लिए यह सोचना भी कठिन है; मैं ऐसे परिवार से आया हूँ जहाँ शराब को बड़ी बुरी नज़र से देखा जाता है। जब मैं सेना में आया और क़रीबी दोस्तों को भी इसका शौक़ रखते देखा तो लगा कि उनके परिवार में इसे इतना बुरा नहीं समझा जा सकता या ये हो सकता है कि उनका परिवार पीने का विरोध नहीं करता हो, पीकर झूम जाना और परेशान करना उन्हें आपत्तिजनक लगता हो और वे लिमिट में ही ये शौक़ फरमाते थे।'' दिनेश ने जवाब दिया। फिर अपनी बात बढ़ायी, ''पहली दफ़ा मैं पार्टियों में गया तो अजीब लगा। शाम को होने वाली पार्टियों में महिलाओं की उपस्थिति में ही लोग ड्रिंक ले रहे हैं। उनकी पत्नियों के भी एक्सप्रेशन उनके लिए बुरे नहीं थे जबकि वो आग्रह करने पर उनके साथ डांस भी कर रही थीं। मुझे लगा कि यह उत्सवप्रेमी लोग हैं और शराब को बुरा नहीं मानते... लेकिन मेरे लिए इन महफ़िलों में ज़्यादा समय रहना बहुत घुटन भरा था। मैं अब तक अपनी पत्नी को ऐसी पार्टियों में लेकर नहीं गया हूँ।''

शुभ ने पूछा, ''लेकिन उन्हें भी तो शाम को क्लब में आयोजित होने वाली पार्टियों में जाने की इच्छा होती होगी जहाँ बहुत सारी फ़ेमिली का गेट टू गेदर होता होगा।''

''मैंने इस बारे में अपनी पत्नी से जानने की कोशिश नहीं की; मैं इतना फ़ेमिनिस्ट नहीं हूँ। जैसे संस्कार मुझे मिले हैं, चाहे ग़लत हों या

सही, उन पर आगे बढ़ता हूँ।'' दिनेश ने जवाब दिया।

उस आर्मी मैन से मुलाक़ात शानदार रही थी। शुभ ने भी एक क़िस्सा बताया जो हाल ही में उसने हिंदुस्तान टाइम्स में पढ़ा था। यह एक ब्रिटिश नागरिक की आपबीती थी।

''जब मैं छोटा था तब यूनियन जैक सारी दुनिया में लहराता था। उस समय कहावत थी कि ब्रिटिश साम्राज्य में कभी सूरज अस्त नहीं होता। मैं एटलस में हर जगह यूनियन जैक देखकर प्रसन्न होता था। हम लोग अपने साथी भारतीय लड़कों को हीन नज़रों से देखते थे और चिढ़ाने का कोई मौक़ा नहीं छोड़ते थे। जब मैं बड़ा हुआ और महात्मा गाँधी के बारे में पढ़ा... जब जलियाँवाला बाग़ की घटना के बारे में मैंने सुना तब अपने ब्रिटिश होने पर बड़ी ग्लानि महसूस हुई। तब मुझे लगा कि काश मुझे अपने भारतीय दोस्तों से क्षमा माँगने का अवसर एक बार मिल पाता।''

शुभ के साथ आये आर्मी आफ़िसर वाराणसी से एक स्टेशन पहले उतर गये। शुभ को पिछली यात्रा के वो टीटी याद आये। उन्होंने रेलवे कर्मियों के बारे में बहुत-सी बातें बतायी थीं। उनके साथ हुए लम्बे वार्तालाप में शुभ को केवल एक बात याद रह गयी है- एक्सप्रेस गाड़ियों में भीड़ के बारे में, *''एक्सप्रेस गाड़ियों की जनरल बोगियाँ कई बार इतनी ज़्यादा भरी रहती हैं कि महिलाओं को कई बार प्रसाधन तक भी पहुँचने का मौका नहीं मिल पाता।''* मनुष्य चाँद तक पहुँच गया है लेकिन ट्रेन में खड़े होने के लिये भी एक अदद जगह के लिए संघर्ष जारी है... कितनी बड़ी विडम्बना है।

* * *

जार्ज हरिसन की आख़िरी यात्रा में...

इलाहाबाद से लौटने पर सुबह-सुबह शुभ ने समाचार पढ़ा। आज जार्ज हरिसन की अस्थियाँ गंगाजी में प्रवाहित करने वाराणसी लायी गयीं, उनकी पत्नी और बेटे भी अस्थियों के साथ हैं। श्याम को उसने इस समाचार की जानकारी दी और साथ में घाट चलने का आग्रह किया।

श्याम ने कहा "मुझे जार्ज हरिसन में कोई दिलचस्पी नहीं है लेकिन इतनी दूर अमेरिका से उनका परिवार क्यों आ गया यह देखना दिलचस्प है।"

नियत समय पर वैदिक पद्धति से उनकी अस्थियाँ गंगाजी में प्रवाहित की गयीं। श्याम ने शुभ से कहा, "यह बहुत आश्चर्य है कि आपका अनुराग किसी धर्म से इतना अधिक हो जाए कि आप सात समंदर पार अपनी अस्थियों के विसर्जन की बात अपने परिजनों से कहें।"

शुभ ने प्रश्नसूचक- चिह्न की तरह श्याम को देखा। श्याम ने विस्तार से समझाया। "यार शुभ, अब तू यहाँ बनारस में पैदा हो गया, अब तू किसी सम्प्रदाय या धर्म में यक़ीन करने लगे, जिसकी जड़ें दजला-फ़रात या

मिसीसीपी जैसी किसी नदी के किनारे हो तब क्या तू भी ऐसा ही अपने परिजनों से कहेगा?''

शुभ ने मुस्कुराते हुए कहा, ''ठीक-ठाक पैसा हुआ और उस धर्म को मानने लगा तो चांस लेने में क्या है यार; हो सकता है अगले जन्म में बम्पर लॉटरी लग जाए।''

संयोग से शुभ ने वहाँ पर मलय को भी देखा। मलय ने शुभ को बताया, ''मैं भी इस्कान से जुड़ा हूँ, आज यहाँ पर कार्यक्रम का आयोजन इस्कॉन भी कर रहा है। जार्ज हरिसन हमेशा इस्कॉन के कार्यक्रमों में आते रहते थे। एक दफ़ा उनसे पूछा गया था कि मरने के बाद आप किस रोल में याद रखे जाना पसंद करेंगे; रॉक एण्ड रोल के जनक बीटल्स के टीम मेम्बर के रूप में, जिसने पूरी दुनिया में संगीत की धूम मचा दी अथवा कृष्ण के भक्त के रूप में? हरिसन ने कहा कि उन्होंने अपना सब कुछ कृष्ण को समर्पित कर दिया है। यह कितनी बड़ी बात है कि आज इतनी बड़ी शख्सियत की अस्थियाँ विसर्जन के लिये लायी गयी हैं और बनारस के चुनिंदा लोग ही मौजूद हैं।''

जब मलय अपनी तकलीफ़ बयान कर रहा था तब शुभ को शाहजहाँ की अंतिम-यात्रा याद आयी। हिंदुस्तान के इस बादशाह, जिसने मुल्क को अज़ीमो-शान इमारत ताजमहल दी, की अंतिम-यात्रा में कुछ सेवक ही थे जिन्होंने बादशाह के मृत शरीर को नाव पर लादा और अंतिम-यात्रा के लिये निकल गये।

मलय ने बताया, ''मनु भी आज यहाँ आना चाहती थी; उसके पास बीटल्स के कुछ पुराने एलबम हैं... लेकिन फिर घर में माँ ने कहा कि लड़कियाँ ऐसी जगह पर कैसे चली जाएँगी।''

* * *

घर में...

मलय के देर से दवाखाने पहुँचने पर रामाश्रय बाबू पुनः नाराज हुए,

“तुमसे घर तो सँभलता नहीं, दुनिया जहान का ठेका ले लिये हो; घर-परिवार में शोक-कार्यक्रम में तो जाते नहीं हो, फिरंगियों के लिए जान दिये जाते हो... तुम्हारी शादी से इसलिए ही डर लगता है कि एक लड़की की ज़िंदगी क्यों ख़राब करूँ।”

मलय भीतर ही भीतर सुलगने लगा, “बीटल्स ने पूरी दुनिया की दौलत छोड़ दी अध्यात्म के लिये और पापाजी एक दिन की दुकानदारी ख़राब होने से दुबले हुए जा रहे हैं।”

डाँट खाकर भीतर पहुँचने पर मनु ने भाई के ज़ख़्म पर मरहम लगाने की कोशिश की। “भैया, बहुत अच्छा किया, हमारे परिवार की ओर से प्रेजेण्ट लगा दिया; काफ़ी भीड़ थी क्या?”

“हाँ भीड़ तो अच्छी खासी थी; वहाँ शुभ से भी मुलाक़ात हुई।”

“मुझे भी जाना चाहिए था, दूर से देख लेती; इतने रिकार्ड सुने हैं बीटल्स के, विदाई के लिये वो घर के इतने पास आये और मैं नहीं जा पायी कितने दुःख की बात है।” मनु ने कहा।

मलय ने आश्चर्य से पूछा, “तुम्हें इंग्लिश समझ आती है, वो भी गायकों की?”

“इंग्लिश समझ नहीं आती लेकिन म्यूज़िक अच्छा लगता है।” मनु ने कहा।

“चलो अच्छी बात है, मैं तो किशोर और रफ़ी के आगे नहीं बढ़ पाया हूँ।”

“भैया आप ऐसे ही दुकान में भी डाँट खाते होगे न पूरे समय तक?” मनु ने उदास-सा चेहरा बनाते हुए शरारत से मलय की ओर देखा।

“अब मेरे जले पर नमक मत छिड़को, आज का पूरा दिन ख़राब हो गया।”

“सितोपलादि ले लो भैया, मन शीतल हो जाएगा या ब्राह्मी का सेवन

कर लो।'' मनु ने कहा।

''मैं तो शिव जी की तरह रोज़ ही ज़हर पीता हूँ अब मुझे किसी दवा की ज़रूरत नहीं।'' मलय ने मुस्कुराते हुए कहा।

* * *

काहे रे नलिनी तू कुमिलानी...

मनु कमरे में आ गयी। बीटल्स का एक पुराना टेप लगाया और ध्यान से सुनने लगी।

''And in the end, the love you take is equal to the love you make"

"हम लोग मैकार्टनी की भाषा नहीं जानते, उनके गीतों के गहरे जज़्बात भी नहीं जानते, फिर भी न जाने ऐसा क्या है जो हमें खींचता है।''

मनु सुध-बुध खोकर गाना सुनते हुए यह सोच रही थी, इतने में उसे साथ ले जाने कमरे में गीता आ गयी। आश्चर्य से देखा और कहा, "तुझे अँग्रेज़ी गाने सुनते हुए देखती हूँ तो डिप्रेशन में आ जाती हूँ; इसके तो मायने भी समझ नहीं आते।''

"समझ तो मुझे भी कहाँ आता है, बस अच्छा लगता है और तुम जैसी कोई होशियार लड़की आ जाती है तो उसके सामने अच्छा इम्प्रेशन भी पड़ जाता है कि मनु तो बीटल्स भी सुनती है।'' मनु ने ख़ुश होकर कहा।

"वैसे अँग्रेज़ी गाने तो बिगड़ैल लड़के भी सुनते हैं; म्यूज़िक सिस्टम में ख़ूब आवाज़ करते हैं और पूरे मोहल्ले को सुनाते हैं।" गीता ने कहा।

"मी लार्ड मैं यहाँ ऑब्जेक्शन करना चाहती हूँ; वे गाने नहीं सुनते, वो तो म्यूज़िक में थिरकते रहते हैं।" मनु बोली।

"वो लोग सूफ़ियों की तरह होते हैं, म्यूज़िक में इतना रम जाते हैं कि झूमने लगते हैं।" गीता ने कहा।

फिर वे घर से निकले। गीता ने स्कूटी बीएचयू की दिशा में बढ़ाते हुए कहा, "आज कुमार गंधर्व पर क्लास है, बहुत मज़ा आएगा; शास्त्री सर की मीठी आवाज़ में कुमार गंधर्व को सुनना कितना अच्छा लगेगा।"

"हाँ सचमुच! मुझे तो ये भी लगता है कि कुमार गंधर्व ख़ुद अपने कबीर भजन, शास्त्री सर की आवाज़ में सुनेंगे तो उन्हें बहुत मज़ा आएगा।" मनु ने उत्सुकता प्रगट की।

"हाँ सचमुच म्यूज़िक सीखना बहुत मज़ेदार है लेकिन कई बार डर लगता है।" गीता ने कहा। "ज़्यादा ख़ुश होने का डर... ऐसा लगता है कि भगवान ने सुख और दुःख तोलकर दिये हैं... अभी सुख का भोग कर लोगे तो फिर दुःख ही बचेगा।" गीता फिर बोली।

"एकदम फ़ालतू बात है, भगवान क्या पोहूमल है जो तोल-तोलकर सुख-दुःख देगा; अगर भगवान ने तुम्हें सुख दिया है तो समझ लो तुम पर उनकी बरकत है। तुमने पूजा कर-करके उनकी ख़ूब चाटुकारिता की है और चाटुकारों का हमेशा रेड कारपेट वेलकम होता है, भगवान के यहाँ भी।" मनु ने कहा।

"प्वाइंट इज टू बी नोटेड, वकील साहिबा आपने अच्छा तर्क दिया, अब मीलार्ड का टेंशन भी कम हो गया है; अब तुम ख़ूब बीटल्स को सुनती रहो, मैं तो एमएस सुब्बुलक्ष्मी को सुनूँगी, ख़ूब ख़ुश भी होऊँगी और पुण्य भी मिलता रहेगा।" गीता चहककर बोली।

* * *

शास्त्री सर ने कुमार गंधर्व और कबीर भजन के बारे में बताया। उन्होंने कहा, "कुमार गंधर्व को समझना है तो कबीर को समझना पड़ेगा, अगर कबीर को समझा है तभी कुमार गंधर्व का पूरा आनंद उठा पाओगे। कबीर बड़े रहस्यवादी कवि हैं, उनका पूरा इतिहास पढ़ो; हजारी प्रसाद द्विवेदी की उन पर व्याख्या पढ़ो और फिर मैं अगली कक्षाओं में इन पर प्रश्न भी करूँगा।"

वापस लौटते हुए गीता ने मनु से कहा, "तुम्हारी सारी फिलॉसफी झूठी थी; जीवन में न्यूटन का सिद्धांत ही सही है, हर क्रिया के विरुद्ध प्रतिक्रिया होती है। जितना मज़ा करोगे, उतनी सज़ा मिलेगी। अब हमारा दिमाग़ तो वैसे भी कम है, रामचरितमानस के दोहे भी तब समझ आते हैं जब मोरारी बापू का प्रवचन सुनते हैं, नहीं तो हमारे लिए वैसे ही पति तपावन सीताराम ही है, कबीर को कैसे समझोगे।"

चिंतित मनु ने कहा, "वो क्या शे'र है *इश्क़ ने हमको जाने क्या-क्या बना दिया, जब कुछ न बन सके तो निकम्मा बना दिया।* ऐसा ही कुछ है क्या... चलो बुक स्टॉल से कबीर की किताब ले लेते हैं।"

* * *

जब मनु घर पहुँची तो मम्मी के पास महफ़िल जमी थी। मम्मी काफ़ी परेशान लग रही थीं। मनु ने माँ की तरफ़ इशारा किया कि वो खाने का देख लेगी।

खाना बना लेने के बाद देर रात उसने कबीर पर हजारी प्रसाद द्विवेदी की किताब खोली। प्रस्तावना में लिखा था कि हज़ार साल में एक बार ही कबीर जैसे कवि पैदा होते हैं। तब लगा कि हज़ार साल के सिद्धहस्त कवि को एक रात में कैसे समझा जा सकता है, यह वैसा ही होगा जैसे छोटी-सी नाव लेकर समंदर की थाह पाने निकल जाना।

उसकी नज़र पास ही रखे बीटल्स के कैसेट पर गयी। उस कैसेट में सम्मोहन था। कबीर पढ़ने का निश्चय अगले दिन के लिये टल गया। सुबह नींद खुली और पन्ने पलटने लगी। कबीर का ज्ञान बिलकुल अलग-

सा था। कबीर के राम, दशरथ के राम नहीं हैं तो कौन हैं। कुछ भी समझ नहीं आया। फिर मनु ने सोचा कि यूँ भी कबीर को समझे बग़ैर कुमार गंधर्व को सुनना अच्छा लगता है तो मशक़्क़त क्यों की जाए।

सुबह फिर गीता आयी। मनु ने पूछा, ''कबीर को पढ़ा क्या?''

गीता ने बताया, ''सीनियर्स से पूछा था, शास्त्री सर कबीर से जुड़े कुछ रहस्यवादी शब्द पूछते हैं, उनका उत्तर दे दिया तो वे ख़ुश हो जाते हैं और नहीं दिया तो वे पूरे सेशन भर परेशान करते हैं, इसलिए मैंने गाइड से रट्टा लगा लिया।''

मनु ने कहा, ''यार ऐसी बात थी तो मुझे भी बता देना था, अभी कुछ हो सकता है क्या?''

''अभी तो क्या होगा, मुझे लगा कि तुमने द्विवेदी जी की किताब पढ़ ली होगी।'' गीता ने कहा।

''मुझे वो विज्ञापन याद आ रहा है कि हर एक दोस्त कमीना होता है, यदि स्कूटी मैं चला रही होती तो अभी तुझे उतार देती।'' मनु ने मुस्कुराते हुए कहा।

शास्त्री सर ने अपनी क्लास में हमेशा की तरह कबीर से सम्बंधित प्रश्न पूछे। मनु ने कोई जवाब नहीं दिया और अब तय था कि पूरे सेशन भर शास्त्री सर के प्रश्नों का सामना करना पड़ेगा।

जाते वक्त गीता ने कहा, ''पारिभाषिक शब्दावली रट लेती तो दिक़्क़त नहीं होती, अब तो वे व्याख्या पूछेंगे और रोज़ बेइज़्ज़त करेंगे।''

''बड़ी मुसीबत है... इन कवियों को समझना तो बहुत मुश्किल है और इनका पूरा इतिहास पढ़ो; पहली बार कोई ऐसा टीचर मिला है तो म्यूज़िक की क्लास में इतिहास पूछ रहा है, साहित्य पूछ रहा है।'' मनु ने कहा।

* * *

देर शाम तक उलझन में फँसे रहने के बाद मनु को अचानक शुभ का ख़याल आया। हो सकता है कबीर को लेकर शुभ से मदद मिल जाए। फिर मम्मी से राय ली।

मम्मी ने कहा, "ज़रूर, तुम्हारे लिए बहुत अच्छा रहेगा।" फिर शुभ को फोन लगाया और मदद माँगी।

शुभ ने कहा, "मैं ज़रूर कोशिश करूँगा।"

शाम को शुभ घर पहुँचा। उसे तुलसी वाली चाय मिली। शुभ ने कहा, "इतनी तरो-ताज़ा करने वाली चाय मिले तो मैं कबीर तो क्या वाल्मीकि की भी व्याख्या कर सकता हूँ।"

मम्मी ने कहा, "कबीर में क्या परेशानी है, उनके तो दोहे बहुत सरल हैं- *'ढाई आखर प्रेम का पढ़े सो पण्डित होय... काँकर पाथर जोरि के मस्जिद लई बनाय...'* इसमें क्या परेशानी है?"

मनु ने कहा, "आपको हजारी प्रसाद द्विवेदी की पुस्तक देती हूँ, उसके दोहे पढ़ेंगी तो आपके सिर के ऊपर से चला जायेगा, ये सब दोहे तो मैंने छठवीं में पढ़े थे और अब भी याद हैं।"

ड्राइंग रूम में कबीर की पढ़ाई शुरू हुई। शुभ ने कहा, "कबीर को समझने के लिये तुम्हें रहस्यवाद समझना होगा, अद्वैतवाद समझना होगा।"

मनु ने कहा, "ये तो सुरेंद्र मोहन पाठक के किसी उपन्यास की तरह का थ्रिलर है, एक क़त्ल से कई क़त्लों की गुत्थी उलझी है; सुनील एक गुत्थी सुलझाता है और दूसरी में उलझ जाता है।"

"अच्छी बात है, तुम सुरेंद्र मोहन पाठक की पाठिका हो तुम्हें कबीर जल्दी समझ आएँगे।" शुभ ने कहा।

"मलय भैया लाते थे, लेकिन मैंने उनके कुछ ही उपन्यास पढ़े हैं। कबीर की बात करूँ तो वो मुझे उदास से लगते हैं। यहाँ कई कबीर भजन चलते हैं... एक भजन है, *देख खेल लकड़ी का...* यह बहुत उदास करता है।" मनु ने कहा।

"तो काशी में कोई व्यक्ति बैठा है और दार्शनिक है तो ये सब सोचेगा ही न, इसमें कबीर का क्या क़सूर, जो देखा उसे लिख दिया, कह दिया। फिर भी जैसा तुम मम्मी को कह रही थी न, कबीर को जानना केवल छठवीं क्लास के दोहों को ही जानना नहीं है, उनका दर्शन बहुत गहरा है।"

आगे शुभ ने कहा, "बार-बार कबीर ने इस बात पर ज़ोर दिया कि मानव-जन्म बहुत दुर्लभ है... लेकिन उन्हें इस बात का दुःख था कि लोग इसके लिए जागरूक नहीं हैं, वे छोटी-छोटी क्षुद्रताओं से घिरे हैं। मैं तो कबीर को फ्रॉयड की तरह का मनोवैज्ञानिक भी मानता हूँ। उनका एक छोटा-सा पद है- *काहे रे नलिनी तू कुम्हलानी, तेरे नाल सरोवर पानी।*" "कुमुदिनी की नाल सरोवर में है फिर भी वो कुम्हला रही है। जीवन में सब कुछ होने के बाद कभी-कभी ऐसा असंतोष क्यों घिर जाता है जो मनुष्य को वियोगी बना देता है। कबीर जीवन को गहराई से आब्ज़र्व करते थे और फिर यहीं से उपमा देते थे। तुमने कुमार गंधर्व को सुना होगा न, *उड़ जाएगा हंस अकेला, हरिदर्शन का मेला।* हंस को उन्होंने प्रतीक बनाया है और बताया है जीवन गतिशील है, कभी स्थिर नहीं रहना है। किसी जगह बसने की भावुकता व्यर्थ है।" शुभ ने विस्तार से उपमाओं के अर्थ बताने की कोशिश की।

मनु ने कहा, "बहुत अच्छा लगा, अब सर के प्रश्नों का जवाब भी दे सकूँगी; लेकिन आगे भी आपको इसी तरह से मेरी मदद करनी पड़ेगी।"

शुभ ने कहा, "ऐसी मदद मैं ज़रूर कर सकता हूँ जिसमें कोई पैसे भी ख़र्च न हों और अच्छी चाय भी मिलती रहे और कभी-कभी अच्छा खाने की गुंजाइश भी बन जाए।"

* * *

शुभ के जाने के बाद मनु ने कुमार गंधर्व का एलबम लगाया। *उड़ जाएगा हंस अकेला, हरिदर्शन का मेला...* इस बार पहले से कहीं ज़्यादा अच्छा लगा, खूब गहरा लगा। फिर मन में निश्चय किया कि इस बार बीएचयू के वार्षिकोत्सव काशी-यात्रा में कबीर भजन गाएगी। मनु ने फिर

ख़याली पुलाव पकाना शुरू किया। यहाँ शास्त्री सर भी उसकी आवाज़ सुनेंगे। अरे शास्त्री सर तो क्या बीएचयू में तो बड़े-बड़े फ़नकार आते हैं। जब फ़िराक़ साहब और फ़ैज़ भी यहाँ आ गये हैं तो अन्य फ़नकारों की क्या बात है। इसके लिये ख़ूब तैयारी करनी पड़ेगी। केवल गाने से कुछ थोड़े ही होगा, गाने से पहले इसकी प्रस्तावना भी रखनी पड़ेगी। आधे घण्टे इसी तरह से बरबाद करने के बाद मन में ख़याल आया कि जहाँ पूरे यू.पी. से लोग परफ़ॉर्म करते हैं वहाँ इतने बड़े फ़नकारों के बीच उसे जगह कहाँ मिल पाएगी। फिर उसने अपने सपने का बीज मन की बहुत गहराई में कहीं दफ़न कर दिया और मम्मी का हाथ बँटाने चली गयी।

* * *

हद-ए-निगाह तक जहां ग़ुबार ही ग़ुबार है...

रामाश्रय बाबू के दवाख़ाने में

आज यहाँ माहौल बहुत तल्ख़ है। गुजरात के गोधरा से ख़बर आयी है कि कारसेवकों से भरी एक पूरी बोगी आग के हवाले कर दी गयी।

श्याम बिहारी की पार्टी ने एक बड़ी रैली निकाली। युवाओं की बड़ी भीड़ प्रखर ने भी जुटायी।

बहुत ग़ुस्से से भरे श्यामबिहारी ने कहा, "हमने इसके ख़िलाफ़ दो हज़ार लोगों की रैली निकाली जो दशाश्वमेध घाट पर समाप्त हुई। वहाँ सबने कैण्डल जलाये। युवाओं में बहुत आक्रोश है, यहाँ भी माहौल खराब हो सकता है।"

मलय ने कहा, "कैण्डल जलाने से क्या होगा; मर्ज़ बवासीर का है और इलाज पथरी का करा रहे हैं चाचाजी।"

श्याम बिहारी का ग़ुस्सा सातवें आसमान पर चढ़ गया, कहा, "जानते हो इस देश की समस्या क्या है, तुम्हारे जैसे युवा, जो बैठे-बैठे देश की

तरक़्क़ी की बड़ी-बड़ी दलीलें देता रहता है और इसके लिये सड़क पर आने को कहो तो उनकी नानी मरती है। तुम लोग नीरो की तरह हो, देश जल रहा है और बैठे-बैठे बाँसुरी बजा रहे हो।''

मलय ने कहा, ''आप ग़लत सोचते हैं; देश नारों से नहीं बदलता, काम करना पड़ता है; यहाँ लोगों को दो वक्त की रोटी और दवा के पैसे नहीं मिल रहे आप मंदिर-मस्जिद के झगड़ों में पड़े हैं।''

श्याम बिहारी ने ग़ुस्से में कहा, ''तुम जैसे लोगों की वजह से ही भारत हज़ारों साल ग़ुलाम रहा... तुम्हें क्या चाहिए दो वक्त की रोटी, वो तो कुत्ते भी जुगाड़ लेते हैं फिर मनुष्य योनि में पैदा होने का क्या फ़ायदा।''

इतनी हलचलों के बीच रामाश्रय बाबू स्थितप्रज्ञ योगी की तरह बोले, ''देखो ये गंगा-जमुना की धरती है, मिलजुलकर रहोगे तो सुखी रहोगे, लड़ोगे तो सब बरबाद हो जाओगे।''

श्यामबिहारी ने कहा कि ''फिर उनके लिए हमारी क्या ज़िम्मेदारी है जो एक पवित्र उद्देश्य लेकर अयोध्या गये थे और अपने घर भी नहीं पहुँच पाये?'' रामाश्रय बाबू के पास इसका कोई उत्तर नहीं था... मलय के पास भी नहीं।

उधर बीएचयू कैम्पस में भी वो शाम गुलज़ार नहीं रही, बहुत तल्ख रही। सबके मन में ग़ुस्सा था, आशंका थी। विश्व हिंदू परिषद् ने भारत बंद का आह्वान किया था। तल्ख़ बहसों को देखकर शुभ को अंदेशा हुआ कि भले ही बनारस में साम्प्रदायिक माहौल बेहतर रहे, देश में सब कुछ ठीक नहीं रहने वाला।

* * *

अगले दिन जब श्याम और शुभ शहर का नज़ारा देखने निकले तो हर तरफ़ चुप्पी और सन्नाटा था। वापस आकर देखा कि हास्टल में लड़कों की भीड़ टीवी सेट के समक्ष जुटी हुई है। अहमदाबाद में दंगे शुरू हो गये थे। एनडीटीवी की रिपोर्टिंग आ रही थी, अहमदाबाद शहर में किसी छत पर खड़े राजदीप सरदेसाई शहर का हाल दिखा रहे थे। राजदीप दंगों पर

अपना दृष्टिकोण रख रहे थे।

कुछ लड़कों को पसंद नहीं आया, उन्होंने चैनल बदला। उन लड़कों को लगा कि दूसरे चैनल पर वस्तुस्थिति को ज़्यादा निष्पक्ष दिखा रहे हैं। फिर चैनल बदलते गये। इतने सारे चैनल देखकर पता चला कि दंगा कहीं भी शुरू हुआ हो इसका बड़ा नुक़सान दोनों ही समुदायों को भोगना पड़ा है।

दंगों का केंद्र अहमदाबाद था लेकिन इसका उतना ही कम्पन दिल्ली में भी महसूस हुआ। प्रधानमंत्री दिल्ली से अहमदाबाद पहुँचे। इसका अच्छा असर हुआ। दंगे पूरी तरह थम गये। दंगों के दौरान की ख़बरें बाहर आने लगीं और अगले कई दिनों तक शुभ और दोस्तों का मन व्यथित रहा।

* * *

गुंजन के जन्मदिन की शाम...

सुबह मलय ने शुभ को फोन कर गुंजन के जन्मदिन के अवसर पर रात को खाने पर आने को कहा।

रात को घर पहुँचने पर शुभ ने कॉलबेल बजायी। मनु ने दरवाज़ा खोला।

शुभ ने पूछा, “शास्त्री सर की नलिनी कुम्हला तो नहीं गयी है?”

मनु ने मुस्कुराते हुए कहा, “नहीं, वो आपके ज्ञान के सरोवर में है।” फिर पूछा, “आप बहुत दिनों बाद आये, इस अकेले शहर में बोर नहीं लगता?”

शुभ ने कहा, “बनारस में कोई अकेले रह सकता है क्या... और नहीं तो गंगाजी तो चौबीस घण्टे का सहारा है। मैंने बनारस की शामों के बारे में किताबों में पढ़ा है, तब से ऐसी कोई शाम नहीं जो गंगा तट पर न गुज़ारी हो, बशर्ते यदि चाय की दुकान में माहौल बहुत गरम न हो जाए।”

प्रखर पास ही बैठा हुआ था, उसने कहा, “भैया, आप बिलकुल मेरे

ट्रैक पर चल रहे हैं, आपको जल्द ही पॉलिटिक्स में खींच लूँगा, फ़ुरसतिया लोगों की मुझे बहुत ज़रूरत है।''

मनु ने कहा, ''अब आपको वैसे भी पढ़ने-लिखने की ज़रूरत नहीं, इतने ज्ञानी हो गये हैं कि अब ज़्यादा चीज़ें पढ़ेंगे तो आपका दिमाग़ फट जाएगा।''

यहाँ आने से पहले शुभ ने आर्चीज़ गैलरी में खूब ढूँढ़ने के बाद एक कार्ड निकाला था। उसमें एक सुंदर छोटे से लड़के की फोटो थी जिसके हाथ में गुलाब का एक फूल था। उसे यह कार्ड अच्छा लगा। एक डेयरी मिल्क चाकलेट भी उसने ख़रीदा। चाकलेट और कार्ड गुंजन के हाथों में सौंपकर उसे अजीब-सी खुशी हुई। मन में सोचा, ''प्यारी बच्ची इतनी ही ख़ुश हमेशा रहो, कभी तुम्हारी डिक्शनरी में गोधरा और गुजरात दंगे जैसे शब्द प्रवेश न करें, तुम अपनी निश्छल दुनिया में ऐसे ही ख़ुश रहो।'' सभी मेहमानों के जाने के बाद गुंजन ने मनु और तनु को अपने गिफ़्ट दिखाये। इसमें शुभ का कार्ड भी था। मजाज़ का एक गीत भी शुभ ने कार्ड में लिख दिया था।

इक नन्ही मुन्नी-सी पुजारन
पतली बाँहें पतली गरदन

भोर भये मंदिर आयी है
आयी नहीं है माँ लायी है

वक़्त से पहले जाग उठी है
नींद अभी आँखों में भरी है

ठोढ़ी तक लट आयी हुई है
यूँही सी लहरायी हुई है

आँखों में तारों की चमक है
मुखड़े पे चाँदी की झलक है

कैसी सुंदर है क्या कहिए
नन्ही-सी इक सीता कहिए

धूप चढ़े तारा चमका है
पत्थर पर इक फूल खिला है

चाँद का टुकड़ा फूल की डाली
कमसिन सीधी भोली-भाली

हाथ में पीतल की थाली है
कान में चाँद की बाली है

दिल में लेकिन ध्यान नहीं है
पूजा का कुछ ज्ञान नहीं है

कैसी भोली और सीधी है
मन्दिर की छत देख रही है

माँ बढ़कर चुटकी लेती है
चुपके-चुपके हँस देती है

हँसना-रोना उस का मज़हब
उसको पूजा से क्या मतलब

ख़ुद तो आयी है मंदिर में
मन उसका है गुड़िया-घर में

मनु ने महसूस किया कि शुभ केवल किताबी व्यक्ति नहीं है, वो एक अच्छा इंसान भी है।

* * *

चाँद के पास जो सितारा है...

कई दिनों के बाद शुभ का मन शांत था। उसने फिर घाट की तरफ़ जाने का निश्चय किया। चाँदनी रातों में गंगाजी के घाट से अच्छी दुनिया में कोई जगह नहीं। आज शुभ के साथ सत्येंद्र भी था। देर तक चुप बैठे रहने के बाद बातचीत शुरू हुई। सत्येंद्र ने कहा, "यहाँ बहुत अच्छा लगता है; हम लोग कितना समय चाय पर बरबाद करते हैं, यहाँ पर कितना सुकून है; वहाँ तो कई लोगों से लड़-लड़कर मैंने रिश्ते भी ख़राब कर लिये।"

"हाँ यहाँ गंगाजी की लहरों को देखो, फिर चाँदनी को देखो और फिर उन तीर्थयात्रियों को देखो जो यहाँ पहुँचे हैं; सब कुछ बहुत अच्छा लगता है सत्येंद्र, यहाँ आने पर ऐसा लगता है कि जीवन बहुत सुंदर है, सबके ख़ुशी से खिले चेहरे, विस्मय से भरे चेहरे कितने अच्छे लगते हैं।"

"कितने सारे लोग तो पूरे परिवार के साथ आते हैं... अपने शहर में ये लोग अलग-अलग घरों में रहते होंगे, यात्रा का प्लान बनाते होंगे और फिर जुट जाते होंगे; एक साथ इन सबको कितना अच्छा लगता होगा।"

"मुझे तो ऋग्वेद का काल याद आता है, पूरा क़बीला एक साथ रहता

था... हो सकता है वो कष्ट में रहते हों लेकिन बोर तो नहीं होते होंगे।''

''हाँ, लेकिन एक भी आदमी बुरा हो जाता हो तो सबके लिए बहुत ख़राब परिस्थिति पैदा हो जाती होगी; मैंने क़बीले वाली फ़िल्मों में देखा है एक रंजीत जैसा केरेक्टर रहता है जो सबको तंग करता है।''

''यार तो धर्मेंद्र जैसा भी तो कोई रहता है न ऐसे क़बीले में।''

''हाँ यार, लेकिन दो-चार रंजीत हो जाएँ और दो-तीन ललिता पवार हो जाएँ तो क़बीले वालों की शामत कर देती होंगी।''

''सही है।''

''मैं गाँव में रहा हूँ, शहर का जीवन मैंने नहीं जाना... इन घाटों के किनारे कितने सारे घर हैं, लोग सैकड़ों बरसों से पुश्त-दर पुश्त यहाँ रहते होंगे; जैसे राजा डोम का परिवार अब भी रहता है। मैं इनके घर जाना चाहता हूँ, इनसे मिलना चाहता हूँ; बनारस में आकर भी मुझे लगता है कि मैं अपने गाँव के कुएँ का मेढक हूँ और ये लोग सभी मुझसे अपरिचित हैं।''

''हाँ सच है; हम लोग वसुधैव कुटुम्बकम् की बात करते हैं लेकिन अपने लोगों से ही अंजाने लोगों की तरह व्यवहार करते हैं। तुम किसी के घर चले जाओ और कहो कि यूँ ही मैं देखने आ गया कि तुम कैसे रहते हो, तुम्हारी जिंदगी का फलसफा क्या है? उसकी प्रतिक्रिया कैसी होगी?''

''या तो वो खिलखिलाकर हँस उठेगा या एक चप्पल तुम्हें रसीद करेगा... लेकिन सबसे ज्यादा इस तरह की सम्भावना है कि चकित होकर तुम्हें देर तक देखता रहेगा।''

''आश्चर्य की बात है कि हम भारतीय अपना ही जीवन देखने के लिये बीबीसी और डिस्कवरी चैनल की डाक्यूमेंट्री देखते हैं और वो हमें बहुत अच्छा भी लगता है।''

मुस्कुराते हुए सत्येंद्र ने कहा, ''इसकी बड़ी वजह हमारे बीच बड़ी संख्या में रह रहे रंजीत और ललिता पवार हैं; आप भरोसा करेंगे और ये आपको अपने जाल में फँसा लेंगे। आदमी भी तो जानवर ही है न, आसानी

से किसी पर भरोसा नहीं करता, देर तक परखता है फिर पास जाता है।''

सत्येंद्र ने फिर से कहा, ''वैसे अनजाने घर में जाने की कोशिश मैं कर चुका हूँ... मैं लखनऊ में युवा-महोत्सव में हिस्सा लेने गया था। वहाँ हमें एक हॉस्टल में ठहराया गया था। वहाँ बग़ल में ही एक घर था। रोज़ सुबह घर मालिक एक संस्कृत-भजन लगा देते थे। अजीब सुख था उस भजन में। महोत्सव के आख़री दिन मुझे लगा कि आज तो मुझे जाना होगा और ये भजन अब नहीं सुन पाऊँगा और तभी मैंने निश्चय किया कि उनके घर जाऊँगा और इस भजन के बारे में जानकारी लूँगा।''

मैंने कॉलबेल बजायी। एक छोटी-सी लड़की ने दरवाजा खोला। मैंने कहा, ''आपके पापा से मिलना है।'' उसने कहा, ''पापा पूजा कर रहे हैं थोड़ी देर बैठिए।'' तब तक उनकी बेटी चाय और सुबह का साउथ इण्डियन नाश्ता ले आयी। मुझे बहुत अजीब लगा; मान न मान मैं तेरा मेहमान, अब इस मुहावरे का उदाहरण मैं लिख सकता था। वो इतनी छोटी-सी लड़की थी कि मैं उससे कुछ नहीं कह पाया।

अंदर से पूजा की ओजमयी ध्वनि आ रही थी। मुझे लगा कि यह पूजा अभी कुछ देर और चलेगी और तब तक चाय को ठण्डा कर देना ठीक नहीं है। मैंने चाय भी पी और नाश्ता भी किया। पंद्रह मिनट बाद मकान मालिक आये। उन्होंने आश्चर्य से मुझे देखा। शायद अपनी स्मृति के सारे ड्राइव उन्होंने इस मेहमान को पहचानने में खँगाल दिये जो सुखपूर्वक बैठकर चाय पी चुका था और जिसका नाश्ता अंतिम चरण में था। उन्होंने शरमाते हुए मुझसे हालचाल पूछा।

मैंने कहा, ''अच्छा हूँ, युवा महोत्सव में आया हूँ; हम लोग बग़ल के हॉस्टल में ठहरे हैं... आपके घर से रोज़ सुबह एक बहुत अच्छा भजन सुनता था, आज आखरी दिन था तो सोचा पूछ लूँ कि यह किसका है।'' यह कहते ही मुझे सत्यनारायण व्रतकथा में कलावती कन्या की याद आ गयी जो एक अनजाने घर में पवित्र-कथा की ध्वनि सुनते ही चली गयी थी और प्रसाद भी ग्रहण किया था। प्रसाद ग्रहण करने के बाद कलावती ने व्रत के बारे में पूछा और इसे करने का निश्चय किया।

वे बहुत ख़ुश हुए और कहा, "बहुत अच्छा लगा कि आप यह भजन सुनकर मेरे घर आये; यह सुप्रभातम् है एमएस सुब्बुलक्ष्मी का गाया हुआ भजन।"

शुभ ने कहा, "कितनी अजीब बात है, वहाँ एमएस सुब्बुलक्ष्मी, यहाँ गिरिजा देवी; संगीतकारों की दुनिया हमसे बहुत हटकर होती है। ऐसा लगता है कि इन्हें कोई क्लेश नहीं, कोई दुःख नहीं, दुनिया में सभी लोग संगीत सीखने लग जाएँ तो दुनिया बहुत अच्छी हो जाएगी।"

सत्येंद्र ने अपनी बात रखी, "हाँ, एक बार नौशाद से किसी ने कहा कि संगीत दुनिया की सबसे फ़ालतू चीज़ है, तुम लोगों की क्या उपयोगिता है? उस व्यक्ति से नौशाद ने कहा, तुमने किसी संगीतकार को चोरी करते देखा है या सुना है? सामने वाला चुप हो गया।"

शुभ ने कहा, "लेकिन ऐसा भी सही नहीं है; एक बहुत बड़े संगीतकार के यहाँ इनकम टैक्स की रेड पड़ी थी, उन्होंने बिस्तर में टैक्स चोरी का पैसा रखा था, एक नामी संगीतकार पर तो सुपारी किलिंग का आरोप भी है। संगीत, चरित्र का आधार नहीं है, हाँ वह अपराधी की अपराध की तीव्रता को ज़रूर कम कर देता होगा।"

सत्येंद्र मुस्कुराया, "वैसे तुम भी अच्छा गिटार बजाते हो, इससे तुम्हारे द्वारा भविष्य में किये जाने वाले अपराधों की तीव्रता कम हो जाएगी?"

गंगा-तट से वापस आकर शुभ ने अपना बिस्तर और मच्छरदानी हॉस्टल की छत पर लगाया। धीरे-धीरे जब शहर की रोशनी मद्धिम हुई तो तारों का जगमगाना नज़र आने लगा। पूरे आकाश में तारों की बरात नज़र आ रही थी। शुभ को तारों पर बहुत से गाने याद आने लगे। सबसे पहले मुकेश का गाया गीत 'तारों में सजके, अपने सूरज से देखो धरती चली मिलने।' फिर याद आया पाकीज़ा का गाना 'चलो दिलदार चलो, चाँद के पार चलो।' दुनिया अकेले में ख़ूबसूरत नहीं है, किसी के साथ से वो बेहद ख़ूबसूरत हो जाती है। चाँद के पार भी जाना है तो दिलदार चाहिए। छठवीं

क्लास में पढ़ा अरस्तु का यह वाक्य अब समझ में आता है कि 'मनुष्य एक सामाजिक प्राणी है।' यही वजह है कि हॉस्टल में चाय पीने और सिगरेट पीने के लिये भी लोग बग़ैर दोस्तों के नहीं निकलते।

इस चाँदनी में शुभ अकेला नहीं था। उसने देखा कि श्रीकांत भी वहीं है और कुछ ऐसे ही नग़मे गुनगुना रहा है। आख़िरी गीत जो श्रीकांत ने गुनगुनाया वो था, 'खुद पे इतराते हुए चाँदनी रात में इक बार तुम्हें देखा है।'

शुभ से रहा नहीं गया। वो श्रीकांत के पास पहुँचा और पूछा, "चाँदनी रात में किसको देख लिया भाई?"

श्रीकांत ने कहा, "नहीं यार मैं तो यूँ ही गुनगुना रहा था।"

शुभ ने श्रीकांत के कंधे पर हाथ रखते हुए कहा, "लेकिन तुमने तो पूरी टी-सीरीज चला दी है, एक से बढ़कर एक क्लासिक गाने गा रहे हो, कुछ ख़ास ज़रूर है।"

श्रीकांत ने कहा, "हाँ यार कोई है जिसके लिए गुनगुना रहा हूँ।"

"बहुत भाग्यशाली होगी।" शुभ ने कहा, "किशोर घर बैठे-बैठे मिल जाएगा; तुम्हारे शहर की है या बनारसी है?"

"बनारसी है।" श्रीकांत ने कहा।

"कुछ बात बढ़ायी?" शुभ बोला।

"अभी तो इब्तिदा है।" श्रीकांत का जवाब आया।

"और अभी से सारी रात जाग रहे हो।"- शुभ मुस्कुराया

"तुम्हारी कौन-सी स्टेज में है"- श्रीकांत ने जिज्ञासा प्रकट की।

"मैं अभी ख़ुशक़िस्मत हूँ, मुझे कोई वायरस नहीं।"- शुभ ने दोनों हाथ झटक दिये।

"वो शे'र है न, कोई शाग़ल पाल ले कोई रोग नादां जिंदगी के

वास्ते... कुछ करो तुम्हें भी चाँदनी बहुत खूबसूरत लगने लगेगी।'' श्रीकांत ने सुझाव दिया।

''मुझे तो वैसे ही अच्छी लगती है चाँदनी बचपन से।'' शुभ ने कहा

''मतलब चाँदनी तुम्हारी बालिका वधू है।'' कहकर श्रीकांत खिलखिला उठा।

''जाति-धर्म-कुल देखा या यूँ ही पहली नजर की बात हो गयी?'' शुभ ने पूछा

''जब प्यार करे कोई तो देखे केवल मन... और यह तो सत्यापित सत्य है न, ये इश्क़ नहीं आसाँ इतना ही समझ लीजे इक आग का दरिया है और डूब के जाना है।'' श्रीकांत ने प्रेम की ऐतिहासिक परिभाषा दी।

''मुझे भी ख़ुसरो की बात याद आती है, खुसरो दरिया प्रेम का, उल्टी वा की धार, जो उतरा सो डूब गया, जो डूबा सो पार और यही मेरी भी फिलॉसफी है।'' शुभ ने अपनी बात रखी।

''तुम्हें भी पक्का बनारसी रंग चढ़ा हुआ है।'' श्रीकांत ने कहा

''कौन है, नाम बताओ!'' शुभ ने आग्रह किया।

''बदनाम नहीं कीजिएगा? ''- श्रीकांत ने मासूमियत से शुभ की ओर देखा।

''बदनाम किया तो क्या नाम नहीं होगा... नहीं बताऊँगा... किसी को भी नहीं।'' शुभ ने आश्वस्त किया।

''मनु नाम है उसका।'' श्रीकांत ने कहा।

शुभ के चेहरे पर विस्मय तैर गया। ज़िंदगी किस तरह नये-नये लोगों से मिलाती है और कितने तरह के कौतुक करती है। तभी कहते हैं कि दुनिया गोल है और आप इसमें बार-बार परिचित लोगों से टकराएँगे।

''मनु की तरफ़ से क्या है?'' शुभ ने पूछा।

“बताया न, मेरी ओर से ही इब्तिदा है, उधर का हाल मुझे नहीं मालूम; जैसे स्वयंवर में वर वहीं बैठा होता है लेकिन वधू को नहीं मालूम होता कि कौन उसका जीवन साथी बनेगा।” श्रीकांत ने बताया।

“स्वयंवर जीतने के लिये कौन से गुण हैं तुम्हारे पास?” शुभ ने पूछा।

“एक विशाल दिल, एक बहुत मीठा गला और मेरी गिटार।” श्रीकांत ने पूरे आत्मविश्वास से कहा।

“लड़की को बस विशाल दिल में ही आपत्ति हो सकती है क्योंकि इसमें बहुत सारे लोगों के आने की सम्भावना बनेगी... जब तुम अपना प्यार का टेण्डर डालना तो केवल मीठा गला और गिटार ही कोट कर देना।”- शुभ ने सुझाव दिया।”

“इतनी सारी लड़कियों के बीच मनु को ही कैसे चुन लिया?”- शुभ ने पूछा।

“थियेटर में रुचि लेने वाले लड़कों और लड़कियों की एक कम्बाइन वर्कशाप बुलायी गयी थी, वहाँ वर्कशाप के दौरान परिचय हुआ था।”

शुभ को याद आया एक फोटो कलेक्शन साइट का कवर पेज, इसमें बिलकुल ट्रेन की पटरियों के बगल से एक पौधा उगता है। प्रेम का बीज जो श्रीकांत ने रोपा है वो भी डेंजर जोन में है... पता नहीं इस बीज की नियति क्या होगी।

* * *

आप यूँ ही अगर इनसे मिलते रहे...

श्रीकांत की क्लास की तरह ही शुभ की क्लास में भी काशी-यात्रा के लिये चयनित एक विशेष नाटक का प्रपोजल आया।

श्याम ने शुभ से यह कहकर कि तू बहुत नौटंकी करता है नाटक में शुभ का नाम डलवा दिया।

शुभ ने प्रतिरोध भी किया लेकिन श्याम ने कह दिया, म्यूज़िक के धुरंधर कलाकारों के बीच इतिहास वाले अपनी जगह कहाँ बना पाएँगे, नाम लिखा देते हैं फिर देखा जाएगा।

क्लास के बाद वे कैंटीन की ओर गये। चाय की चुस्की लेते हुए भी शुभ के मन से रात की बातें उतर नहीं पा रही थीं।

श्याम ने पूछा, "कुछ गहरी बात सोच रहे हो!"

शुभ ने कहा, "नहीं उथली बात सोच रहा हूँ, किसी को धोखा देने की बात सोच रहा हूँ।"

"किस तरह का धोखा?"

“किसी ने मुझे अपनी राज़ की बात बतायी है, अब मुझसे यह बात पच नहीं रही।”

“मैं तो तेरा हमेशा से राज़दार रहा हूँ बता दे यार।”

“सच में भाई, पर हर आदमी अपने एक राज़दार को अपना राज़ बताता ही है और इस तरह दुनिया भर में बात फैल जाती है। तुमने चेखव की वो कहानी पढ़ी है न जिसमें पार्टी में एक व्यक्ति कानाफूसी के माध्यम से पुड़िया छोड़ देता है, आखिर में वो बात कानाफूसी के माध्यम से बड़ी भयावह रूप लेकर फिर उसके पास पहुँच जाती है।”

“बता दे यार सस्पेंस क्रिएट न कर, कौन-सा तू रानी विक्टोरिया का राज़ बता रहा है।”

“यार कल मैं छत पर था, वहाँ श्रीकांत मिला, उसे एक लड़की अच्छी लगने लगी है।”

“खोदा पहाड़ निकली चुहिया; तो इसमें विशेष क्या है?”

“यार वो लड़की मनु है, उस दिन कैण्टीन में मिली थी, याद है?”

“अच्छा तब तो श्रीकांत के लिए बढ़िया है, तू लाइन क्लियर करा देना।”

“मैं कोई नाई हूँ क्या जो श्रीकांत का रिश्ता लेकर रामाश्रय बाबू के यहाँ जाऊँगा... *बाबूजी! श्रीकांत बहुत अच्छा लड़का है, इससे मनु की शादी करा दीजिए* और अंकल मान जाएँगे। इतनी सारी उलझन आती रहती है अब ये नयी उलझन आ गयी है। श्रीकांत ने कभी मुझे मनु के साथ देख लिया तो कहेगा कि तूने मुझे बताया नहीं, फिर कहेगा मेरी बात करा दे।”

“छोड़ न यार, अभी चाय पी।”

“आज मेस भी बंद है शाम को मनु के घर जाऊँगा, कम से कम एक टाइम का अच्छा खाना मिल जाएगा।”

* * *

देर शाम शुभ, मनु के घर पहुँचा। मनु ने ही दरवाज़ा खोला। शुभ ने फिर वही वाक्य दोहरा दिया, "शास्त्री सर की नलिनी कैसी है?"

मनु ने मुस्कुराते हुए वही उत्तर दोहरा दिया। "वो आपके ज्ञान के सरोवर में है।"

मनु ने शुभ को बैठने कहा और पानी लाने चली गयी। कुछ देर बाद चाय के साथ आयी।

मनु ने कहा, "शास्त्री सर अब मुझसे बहुत ख़ुश हैं, उन्होंने तो मेरा नाम काशी-यात्रा में होने वाले ड्रामे के लिये लिखा दिया।"

शुभ ने कहा, "अच्छी बात है... श्याम ने मेरा नाम भी नाटक के लिये लिखा दिया, हो सकता है मुझे भी कुछ भूमिका मिल जाए।"

मनु बोली, "अच्छा आप एक्टिंग का शौक़ रखते हैं ये तो आपने बताया ही नहीं।"

शुभ ने कहा, "हाँ अब तक नौटंकी ही करता आया हूँ असली नाटक अब करूँगा।"

मनु ने बताया, "हमारे वर्कशॉप से सुमन और श्रीकांत ने भी अपना नाम लिखाया है।"

"श्रीकांत की शाम अधिकतर हमारे हास्टल में ही गुज़रती है, उसका ख़ास दोस्त सतीश हमारे हास्टल में ही रहता है।" श्रीकांत का नाम सुनकर थोड़ा विस्मय से भरकर शुभ ने कहा।

बीती रात की बातें शुभ के मन में अब भी कौंध रही थीं। उसने अपनी जिज्ञासा को शांत करना चाहा लेकिन उसे लगा कि चूंकि बात मनु ने ही छेड़ी है अतः इस विषय में थोड़ा ज्ञानवर्धन करना उचित होगा।

"वो बहुत अच्छा गिटार बजाता है।" मनु ने कहा।

शुभ को लगा कि वो सीधे प्रश्न कर ले कि मनु को उसके और कौन

से गुण अच्छे लगे अथवा वो श्रीकांत के बारे में क्या विचार रखती है। लेकिन उसने सीधे पूछने से परहेज़ किया। "वो गाने भी बहुत अच्छे गाता है, बेस्ट बाथरूम सिंगर आफ द हॉस्टल की उपाधि से उसे नवाज़ा गया है और रात को संगीत की महफ़िल भी सजाता है।" शुभ ने कहा।

"अच्छा! और क्या अच्छाइयाँ हैं श्रीकांत में?" मनु ने मुस्कुराते हुए पूछा।

"अच्छा है और क्या।"- शुभ ने कहा।

"लेकिन एक समस्या है श्रीकांत के साथ; मैंने महसूस किया कि यदि आप उससे थोड़ा भी खुलने की कोशिश करो तो वो आपके निजी जीवन में तेज़ी से हस्तक्षेप शुरू कर देगा... मतलब किसी से कितनी बात करनी है कब तक बात करनी है और कहाँ पर बात करनी है इन सबका सलीक़ा होता है और यह सलीक़ा श्रीकांत ने सीखा ही नहीं।" मनु ने मुस्कुराते हुए कहा।

"*कौन सी बात कहाँ कैसे कही जाती है, ये सलीक़ा हो तो हर बात सुनी जाती है।* तुम्हारी बात को वसीम बरेलवी ने कुछ यूँ ही कहा था। ये बताओ यदि श्रीकांत साधिकार तुम्हारे निजी जीवन में हस्तक्षेप करने लगे तो कैसे करोगी?" शुभ ने मुस्कुराते हुए पूछा।

"आपने गुमराह का वो गाना सुना है न, *तअल्लुक़ बोझ बन जाए तो उसको छोड़ना बेहतर...* जब आपको लगने लगता है कि अब आपके बर्दाश्त के बाहर है तो शांति के साथ पिण्ड छुड़ा लेना बेहतर होता है... तो यदि श्रीकांत ने साधिकार कोई चेष्टा की तो यह किया जाएगा; वैसे मैं बताऊँ लड़कियों के साथ यह समस्या बहुत होती है, आप किसी से अच्छा व्यवहार करें और वो इसे दूसरी तरह से ले ले।" मनु ने कहा।

शुभ को भी महसूस हुआ कि वो जिस तरह से खुले मन से अपनी बातें कह देता है उस पर रोकथाम करनी चाहिए। यदि उसमें सलीक़ा नहीं हुआ तो बहुत ख़राब मैसेज जा सकता है।

मनु से कहा, "सच में मैं भी कभी-कभी ज़्यादा बोल जाता हूँ, ज़ुबान में भी रेग्यूलेटर होना चाहिए।"

मनु ने मुस्कुराते हुए कहा, “जब भी आपको लगे कि ज़ुबान में रेग्यूलेटर होना चाहिए तो इसकी पहली शुरूआत श्रीकांत से कीजिए।”

“और जीभ में भी ऐसे सेंसर लगा देने चाहिए जो हास्टल के छात्रों की स्वादकलिका को सुन्न कर दें ताकि वो जानवरों के खाने को भी खा सकें। आज मेस बंद है इसलिए मैं अपने को रोक नहीं सका और खाना खाने आ गया।” शुभ ने कहा।

“आप रोज़ ही खाना खाने आ जाइए, इसके बदले आपको मुझे कैण्टीन में चाय भी नहीं पिलानी पड़ेगी और कबीर भी नहीं पढ़ाना पड़ेगा।” मनु ने कहा।

इतने में रामाश्रय बाबू और मलय ने कमरे में एण्ट्री की।

शुभ ने रामाश्रय बाबू के चरण स्पर्श किये और उन्होंने आशीर्वाद दिया।

फिर रामाश्रय बाबू फ्रेश होने चले गये।

पिछली तमाम बैठकों में शुभ ने महसूस किया कि रामाश्रय बाबू का दिमाग़ हर समय एक्सरे मशीन की तरह कार्य करता है। वो आपकी बॉडी लैंग्वेज की पूरी तरह से स्क्रीनिंग करते हैं। आप कैसे बैठे हैं, आपके व्यवहार में किसी तरह की अशिष्टता तो नहीं दिख रही, सभ्य दुनिया में रहने के क़ाबिल हैं या नहीं। ऐसा नहीं है कि आपके असभ्य दिखने या होने पर वो आपको ख़ारिज कर देंगे। वे आपको अपना अमूल्य बुद्ध ज्ञान देंगे जिससे आप इस दुनिया में सुखपूर्वक जीते हुए परमार्थ भी प्राप्त कर सकें। उनसे मिलने के पहले शुभ पूरी तैयारी करता है। एक चेकलिस्ट बना लेता है। नये रूमाल, क़रीने से प्रेस किए हुए शर्ट, नये अथवा धुले मोजे, बालों में संतुलित अनुपात में लगाया गया तेल और शेविंग इस चेकलिस्ट में शामिल होता है। इनमें से किसी में भी चूके तो पूरे समय रामाश्रय बाबू की आँखों की चुभन आप महसूस करते रहेंगे। उनके तर्क बेमिसाल हैं और दुनिया को देखने का नया नज़रिया आपको देते हैं।

“मलय भैया! आप बहुत भाग्यशाली हैं, अंकल को सुनो तो सुनते

रहो, ऐसा लगता है पूरे बनारस का ज्ञान इन्होंने भर लिया है जो आप लोग रोज़ ग्रहण कर रहे हैं।'' शुभ ने कहा।

''पापा तो लौहपुरुष हैं, लेकिन लौहपुरुष देश के लिए अच्छा हो सकता है, घर के लिए कठोरता नहीं होनी चाहिए।'' मलय ने कहा।

''उतने भी कठोर नहीं हैं अंकल।''- शुभ ने अपनी भावना को प्रकट किया।

''आप यूँ ही अगर इनसे मिलते रहे, देखिए आपको प्यार हो जाएगा।'' मलय ने मुस्कुराते हुए कहा।

''आप लोग सभी म्यूज़िक में बहुत रुचि रखते हैं, कोई घराना है क्या आप लोगों का, किराना घराना टाइप की कोई चीज?'' शुभ ने मुस्कुराते हुए जिज्ञासा प्रगट की।

मलय ने जवाब देने की कोशिश की लेकिन उधर से रामाश्रय बाबू को आते हुए देखकर चुप्पी साध ली।

रामाश्रय बाबू बैठे और अगले कुछ सेकेण्ड में स्क्रीनिंग कर ली। सम्भवतः सब कुछ ठीक पाया और औपचारिक प्रश्न दोहरा दिया।

''बहुत दिन बाद आये शुभ!''

''ऐसे ही अंकल, कुछ समय नहीं मिल पाया।'' शुभ ने कहा।

''समय कैसे निकालोगे, बीएचयू में लड़कों को बुरी-बुरी आदतें लग जाती हैं... दिन भर गप मारने की आदत; घाटों पर देखता हूँ शाम से ही लड़कों का जमघट जमा हो जाता है, चाय की दुकानें भी पैक हो जाती हैं; इतनी गपबाजी हिंदुस्तान में कहीं नहीं देखी।'' रामाश्रय बाबू ने कहा।

''आप भी तो बीएचयू से ही पढ़े हैं।'' शुभ ने कहा।

''हमारे समय की बात ही कुछ अलग थी; बीएचयू में ऐसे ही एडमिशन नहीं होता था; डीन कई बड़े घरों के लड़कों की अर्ज़ियाँ भी फेंक देते, केवल प्रतिभाशाली लड़कों को ही एडमिशन मिल पाता था। कई

बेचारे तो फीस भी नहीं दे पाते थे तो डीन साहब इनकी फीस भरते थे।'' रामाश्रय बाबू ने कहा।

''आप लोगों ने तो लैम्प पोस्ट के नीचे बैठकर पढ़ाई की होगी!'' शुभ ने लौहपुरुष का दिल जीतने की कोशिश की।

''हाँ बहुत मुश्किल से पढ़ाई की और नौकरी लगी तो सैलरी भी बहुत कम होती थी उस ज़माने में।'' रामाश्रय बाबू ने कहा।

शुभ के मन में प्रश्न उभरा कि इतनी कम सैलरी में भी उस ज़माने में इतने सारे बच्चों का परिवार चलाने का जोख़िम कैसे उठा पाते थे लोग। साथ ही वो ये भी तो कहते थे कि हमारे ज़माने में देखो एक रुपये में दस किलो चावल मिल जाता था और अब तो महँगाई आसमान छू रही है। यह अलाउद्दीन की बाज़ार नीति जैसा ही कठिन प्रश्न है। सारे प्रश्न बहुत कठिन हैं जिनका जवाब टाइम मशीन में उस दौर में जाकर ही प्राप्त किया जा सकता है।

अपने मन में उभरे प्रश्न को दबाते हुए शुभ ने फिर पूछा ''आपसे पहले के गुज़रे ज़माने के बीएचयू के बारे में कुछ बताइए!''

रामाश्रय बाबू ने बताया, ''वो ज़माना केवल इंजीनियरिंग और मेडिकल प्रोफ़ेशन का नहीं था, सबसे ज्यादा इज़्ज़त तो प्रोफेसरों की होती थी। बीएचयू के प्रोफ़ेसर केवल बनारस ही नहीं, पूरे देश में विख्यात रहते थे... तब सिविल सेवा के बराबर ही ज़ोर विश्वविद्यालयों में टीचिंग का था। जब मैं युवा था तो तुम्हारी ही तरह यह प्रश्न मैंने भी पूछा था। उस समय हमारे प्रोफ़ेसर ने बताया था कि उनके समय बीएचयू की बी0ए0 की डिग्री इतनी बड़ी मानी जाती थी कि लोग सम्मान से अपने नाम के साथ बीए की डिग्री भी जोड़ देते थे और यह बात सौ फ़ीसदी सच भी है। हमारे यहाँ पुरानी सरस्वती पत्रिका रखी हुई है, उसमें हरिवंशराय बच्चन की कविता मधुशाला प्रकाशित की गयी थी; कविता के अंत में लिखा था श्रीयुत हरिवंशराय बच्चन बीए।''

शुभ के मन में सवाल आया कि श्री के आगे युत क्यों जोड़ दिया गया

लेकिन लौहपुरुष के आगे अज्ञानता प्रदर्शित करने का साहस वो नहीं कर पाया।

अपनी बात आगे बढ़ाते हुए रामाश्रय बाबू बोले, "लेकिन बीएचयू का ठप्पा लगना एक तरह से हमारे प्रोफ़ेसरों की तरक़्की में कुछ बाधक भी बना। बीएचयू मतलब एक विचारधारा बन गयी। इतिहास में देखो जेएनयू की अलग विचारधारा है। चूँकि जेएनयू के प्रोफ़ेसर दिल्ली में बैठे रहे इसलिए सत्ता तंत्र के बिलकुल क़रीब रहे और इसकी वजह से भी इतिहास रचने की मुख्यधारा में रहे। बुनियादी चीज़ है सत्ता। कालिदास को प्रतिष्ठा कैसे मिली, जब वे उज्जयिनी पहुँचे। नामवर सिंह यूँ ही दिग्गज थे लेकिन दिल्ली पहुँचने के बाद ऐसे मशहूर हुए कि फिर उनकी कोई बराबरी नहीं कर सका। सत्ता ही आपको पहचान देती है। हमारे सेकुलर समाज में राष्ट्रवाद एक ग़रीब शब्द है और बीएचयू के अधिकांश प्रोफ़ेसर इसे लेकर बैठे हैं।"

शुभ ने कहा, "हाँ आप सही कह रहे हैं; जब मैंने इतिहास लिया था तो सोचा था कि भारत के गौरवगान को पढ़ूँगा... एनसीईआरटी की किताबों में यह मिला ज़रूर लेकिन मेरी कल्पना के मुताबिक़ नहीं।"

"इसलिए तो वाजपेयी जी की सरकार ने एनसीईआरटी की किताबों को बदलवाया। तुम्हें भी तरक़्क़ी करनी है, बड़ा आदमी बनना है तो जेएनयू चले जाओ।" रामाश्रय बाबू ने कहा।

शुभ ने कहा, "मेरी विचारधारा ऐसी नहीं है अंकल।"

रामाश्रय बाबू बोले, "सच बताऊँ तो दुनिया में एक ही व्यक्ति का ज्ञान सही है और वो है डार्विन, बाकी सब बेमानी है; अपना अस्तित्व बचाओ और इसे मज़्बूत करो, अगर तुम सिद्धांतों की डोर से बँधे रहोगे तो ज़िंदगी में ज़रा भी तरक़्क़ी नहीं कर पाओगे। सच बताऊँ तो तुम अजीब से हो, न पूरी तरह राष्ट्रवादी, न पूरी तरह सेकुलर; न तुम बीएचयू के हो न जेएनयू के हो; तुम्हें एक खेमा चुनना होगा तभी तुम्हारी तरक़्क़ी की राह खुलेगी।"

शुभ ने मुस्कुराते हुए कहा, "मुझे अपने जन्म पर आपकी

भविष्यवाणी याद आती है, अभी भी देर नहीं हुई है।''

रामाश्रय बाबू मुस्कुराये। उनके चेहरे पर बेहद कम मुस्कान आती है। जब मलय और शुभ खाने की टेबल की ओर गये तो मलय ने धीमे से शुभ के कंधे पर हाथ लगाते हुए कहा, ''आज तो तुमने लौहपुरुष को भी हँसा दिया।''

शुभ ने पूरे परिवार के साथ खाना खाया और माताजी की तारीफ़ करते हुए कहा, ''अन्नपूर्णा विश्वनाथ के बग़ल में नहीं विराजी हैं वे कान्हो जी आँग्रे के बाड़े में आ गयी हैं।''

मलय ने मुस्कुराते हुए शुभ से कहा, ''अच्छे खाने के लिये तुम इतना गिर जाओगे मैंने सोचा नहीं था; तुमने इतनी ख़ुशामद कर दी कि माँ को अन्नपूर्णा का दर्जा दे दिया।''

शुभ ने कहा, ''मलय भैया, आपको हॉस्टल में एक सप्ताह रख दें फिर आप भी माँ की अन्नपूर्णा की तरह पूजा करने लगोगे।''

खाने के बाद शुभ ने मलय से कहा, ''भैया अब इस सुखद भोज की पूर्णाहुति बनारसी पान से होगी।''

मलय ने मनु से पूछा, ''तुम भी खाओगी?''

मनु ने कहा, ''आइसक्रीम खिलाओगे तो चली जाऊँगी।''

तय हुआ कि घाट पर ही आइसक्रीम खा लेंगे, फिर पान।

चलते-चलते मनु ने कहा ''उस समय विक्रम और बेताल सीरियल आता था। शाम को गर्मी में घाट आ जाते थे; वहाँ एक साधू रहता था वो बिलकुल बेताल की तरह लगता था, उससे बहुत डर लगता था।''

मलय- ''हाँ, सीरियल में बेताल, विक्रम से कहता था कि, बता नहीं तो तेरे सिर के टुकड़े-टुकड़े कर दूँगा।''

शुभ - ''मलय भैया अगर आपसे बेताल पूछेगा कि जीवन में सबसे बड़ा सुख क्या है तो क्या जवाब दोगे?''

मलय - "कुछ समय लूँगा, सोच के बताऊँगा।"

मनु- "अरे इसमें सोचने की क्या बात है, आप गंगाजी के घाट में बैठे हैं और चाकोबार का आनंद ले रहे हैं, फिर इसके बाद आपके नसीब में बनारसी पान भी है, यही सुख है और क्या सोच के बताएँगे।"

मलय- "ठीक है इस उत्तर को लॉक कर दिया जाए।"

शुभ – "आपने फोन ए फ्रेण्ड का सहारा ले लिया है, आप एक लाइफ़लाइन खो चुके हैं अब आपके पास केवल दो लाइफ़लाइन बचती हैं।"

मलय- "मतलब बेताल अभी पूरी तरह परेशान करने के मूड में है।"

शुभ- "जीवन में सबसे बड़ा दुःख क्या है?"

मलय- "मुझे इसमें दो विकल्प लग रहे हैं; पहला हॉस्टल जैसी जगह में खाने का दुःख और दूसरा पापा की डाँट।"

शुभ- "इसके दोनों ही विकल्प सही हैं... चलिए आपने भी विक्रम की तरह बेताल के प्रश्नों का सही-सही जवाब दे दिया।"

मनु- "उसमें एक कहानी मुझे बहुत अच्छी लगी थी। सबसे कोमल कौन। एक राजकुमारी इतनी कोमल थी जिस पर कमल की पंखुड़ी गिरने से ही दाग़ बन गये... एक और राजकुमारी चाँदनी रात में बाहर निकल गयी तो उसके फफोले पड़ गये। उधर दूर एक बच्चा जलते हुए अलाव में गिर गया और इधर एक राजकुमारी की त्वचा झुलस गयी। हर बार एपिसोड के बाद बेताल पूछता कि सही जवाब बताओ नहीं तो तुम्हारा सिर टुकड़े-टुकड़े हो जाएगा विक्रम। मुझे हर बार ग़लत जवाब सूझता और लगता कि मैं होती तो बेताल मेरा सिर टुकड़े-टुकड़े कर देता।"

मलय- "भूत का डर तो सबको रहता है... मुझे गर्मियों में बेहद तकलीफ़ होती। सभी चाँदनी रातों में सोते, मुझे देर से नींद आती। पास ही डरावना इमली का पेड़ नज़र आता, ज़िंदगी बहुत कठिन नज़र आने लगती। किसी-किसी दिन ऊपर वाले की बरक़त होती और पानी बरसने

लगता। सब नीचे आ जाते, मेरा डर भाग जाता और गर्मी में भी नींद आ जाती थी।''

शुभ- ''बचपन में भूतों के क़िस्से भी बहुत सुनते थे। अब इधर जैसे-जैसे भारत की आबादी बढ़ती जा रही है, भूतों की संख्या पता नहीं क्यों कम होती जा रही है।''

कुछ समय पहले आइसक्रीम ख़त्म हो चुकी थी और अब हाथों में पान आ गया था। शुभ को पान खाते देखकर मनु ने कहा, ''ऐसा लग रहा है आप पहली बार पान खा रहे हैं।''

मलय ने कहा, ''बिलकुल, मुझे भी तुम्हें देखकर ऐसा ही लग रहा है। अपना बचपन तो अमिताभ की फ़िल्म देखते हुए बीता है। शादी-ब्याह में जब भी हम बच्चे पान खाते तो गाना गाते 'खई के पान बनारस वाला'। तुम्हें मालूम है किशोर कुमार ने मुँह में पान भर के यह गाना गाया था। और पहले तो बनारसी बाबू में यह गाना देवआनंद पर फ़िल्माया जाना था लेकिन उन्होंने कहा कि पान नहीं खाएँगे और यह ख्याति अमिताभ को मिली।''

मनु ने कहा, ''पान पर तो कितने ही गाने हैं, सबसे बढ़िया गाना तो वो है, पान खाये सैंया हमारो, साँवली सूरतिया होंठ लाल-लाल।''

मलय ने पुरानी यादें ताज़ा करते हुए कहा, ''जब हम लोग नानी के घर जाते थे तो गाँव में नौटंकी देखने भी जाते थे, ये गाना ज़रूर होता था उसमें। गाँव में दिन बड़े उदास गुज़रते थे लेकिन शाम का इंतज़ार होता था, हम लोग दो-तीन कि0मी0 चलकर पहुँचते थे। ख़ूब लाइट होती थी और शामियाना सजता था। अब तो गाँव में भी घर-घर डीटीएच हैं। एक साथ शो देखने की ख़ुशी जो हम लोग महसूस कर पाये वो अब आने वाली पीढ़ी के हिस्से नहीं आएगी।''

शुभ- ''ये जगह इतनी अच्छी है आप लोग रोज़ यहाँ क्यों नहीं आते?''

मनु- ''आप अगर रोज़ आइसक्रीम खिलाने को तैयार हो जाएँ तो हम भाई-बहन रोज़ यहाँ आने को तैयार हैं।''

शुभ- ''बादशाह सलामत इस पर गम्भीरता से विचार करेंगे।''

मनु- ''और हम नाचीज़ कयामत के दिन तक इसका इंतज़ार करेंगे और बादशाह की इजाज़त हो तो सभा समाप्त की जाए।''

शुभ- ''दरबारी जल्द ऐसी सभा का पुनः इंतज़ाम करेंगे इस आदेश के साथ सभा की कार्यवाही मुल्तवी की जाती है।''

* * *

अश्वत्थामा हतः, इति नरो वा कुंजरो वा...

'काशी-यात्रा' के लिये जिस नाटक के किरदार चुने जाने थे, उस नाटक की घोषणा आज होनी थी और किरदारों की भी। ठीक समय पर ड्रामा टीचर वायपी सरकार स्टेज पर आये।

उन्होंने घोषणा की- ''धर्मवीर भारती का नाटक अंधायुग इस बार काशी-यात्रा में मंचित किया जाएगा। कुछ कलाकारों ने ऑडिशन के समय बहुत मेहनत की है अतः मूल रचना से इतर भी पात्र लिये जाएँगे।''

मनु को उत्तरा की भूमिका में लिया गया और शुभ को व्याध की भूमिका में। मनु की ही क्लास की लड़की सुमन को गांधारी के चरित्र के लिए चयनित किया गया जो पूरे नाटक का सबसे विलक्षण चरित्र था। श्रीकांत का चयन अश्वत्थामा के पात्र के लिये किया गया।

घोषणा के तुरंत बाद शुभ, मनु के पास गया और कहा, ''बधाई हो उत्तरा, तुम अब काशी यात्रा में हिस्सा ले सकोगी!''

मनु ने भी मुस्कुराते हुए कहा, ''व्याध महाशय आपको भी बधाई, आप तो नौटंकी में माहिर हैं अपना किरदार सँभाल ही लेंगे, मुसीबत तो

मेरी है।''

ड्रामा टीचर की यह घोषणा श्रीकांत के लिए वज्रपात की तरह आयी। यदि संजय की भूमिका मिली होती तो भी वो निर्वाह कर लेता, लेकिन अश्वत्थामा तो पूरे नाटक का विलेन है। उसने आँख मूँदी, ग़ौर से अपने चेहरे को देखा, अच्छा भला तो चेहरा है, चश्मे की वजह से और भी मासूम लगता है... फिर भी क्रूर अश्वत्थामा का पात्र मिला, कितना अन्याय है विधाता।

शुभ का मनु से मिलना भी उसे बहुत नागवार गुज़रा। उसने प्रकट रूप में कुछ नहीं कहा लेकिन भीतर ही भीतर सुलगता रहा। शुभ के लिए एक बड़ा ज्वालामुखी उसके भीतर फूट रहा था और इसे नियंत्रित करने में वो पूरी तरह असमर्थ था। बहुत देर तक उसने चुप रहकर विधाता के इस अन्याय को सहने की कोशिश की, लेकिन अंत में उससे रहा नहीं गया और अपनी नाराज़गी ज़ाहिर करने शुभ के कमरे में जाने का निश्चय किया।

अंधायुग के बारे में शुभ ने सुना ही था अतएव उसने लाइब्रेरी से अंधायुग इशू करायी और हॉस्टल पढ़ने ले आया। वो श्याम को मंगलाचरण सुना ही रहा था कि कमरे में श्रीकांत आ गया। श्रीकांत अपनी नाराज़गी की अभिव्यक्ति का रास्ता खोज रहा था और शुभ ने अनजाने ढंग से उसे अवसर प्रदान कर ही दिया।

उसने मज़ाक़ किया, '' अश्वत्थामा! तुम कुरुक्षेत्र छोड़कर काशी कैसे आ गये! यह तो मुक्तिधाम है, तुम अभिशापित हो, इस नगरी में तुम्हारा क्या काम।''

श्रीकांत ने पलटवार किया, ''व्याध! जैसे तुमने महाभारत में श्रीकृष्ण की हत्या की, वैसे ही छिपकर धोखे से मेरी जान भी ले लेते, मुझे दुःख नहीं होता, लेकिन मेरे सामने ही इतना बड़ा धोखा।''

शुभ ने हड़बड़ाते हुए कहा, ''क्या हो गया यार!'' श्रीकांत इतना ग़ुस्सा था कि अब उसने भूमिका बनाने में समय ज़ाया नहीं किया।

उसने सीधे शुभ पर सवाल दागा, ''ड्रामा एनाउंस होने के बाद मनु से मिलने क्यों गये?''

शुभ इस प्रश्न के लिए तैयार नहीं था। उसने कहा, ''उत्तरा की भूमिका में चयन के लिये बधाई देने... चयनकर्ताओं को मनु की एक्टिंग अच्छी लगी होगी इसलिए ही उन्होंने अंधायुग में स्कोप न होने के बावजूद उत्तरा के किरदार के लिये जगह पैदा की।''

श्रीकांत उबलते हुए बोला, ''वो तो ठीक है, चयनकर्ता चाहे उसे गांधारी बना दें, मेरा प्रश्न यह है कि तुम उसे बधाई देने क्यों गये, किस रिश्ते से गये!''

श्रीकांत की इस टिप्पणी से शुभ उखड़ गया। उसने कहा, ''तो क्या मनु से बात करने के लिये तुमसे लाइसेंस लेना होगा और तुम होते कौन हो यह पूछने वाले कि *किस रिश्ते से गये।* यार एक इंसानियत का रिश्ता भी होता है कि नहीं; किसी ने बड़ी उपलब्धि हासिल की तो जाकर प्रशंसा कर दी; तुम्हारे सामने भी यह अवसर उपलब्ध था तुम क्यों नहीं गये, क्यों अश्वत्थामा की तरह कुढ़ते रह गये।''

श्रीकांत का ग़ुस्सा सातवें आसमान पर चढ़ गया। उसने कहा, ''शुभ! अश्वत्थामा का किरदार निभाना भले ही मुझे मिला, पर नाटक के परे असली ज़िंदगी में तुम्हीं अश्वत्थामा हो, जो अपने कुत्सिक इरादों से किसी की सुख भरी ज़िंदगी में आग लगा देता है। जिन सपनों के बीज का अंकुरण अभी हो ही रहा था उन्हें अपने क्रूर इरादों से समाप्त कर देता है। गांधारी ने जो श्राप अश्वत्थामा को दिया वो आज मैं तुम्हें देता हूँ, तुम कभी फलफूल नहीं पाओगे।''

उधर ग़ुस्से से भरे हुए शुभ ने कहा, ''अपनी उत्तरा से कहो घर से न निकले, कभी अजनबियों से बात न करे, वे बात करें तो झिड़क दे... उन अजनबियों से वैसा व्यवहार क़तई न करे जो पहली बार उसने तुमसे तब किया था जब तुम उसके लिए अजनबी थे, जाओ अश्वत्थामा!''

इस बिंदु पर श्याम ने महसूस कर लिया कि अब डायलॉगबाजी पूरी

हो चुकी है और ज़ोर-आज़माइश का समय शुरू हो सकता है। उसने श्रीकांत से अनुरोध किया कि अभी चला जाए, जब ग़ुस्सा कम हो जाएगा तब बात करेंगे।

अभी अंधायुग नाटक की रिहर्सल आरम्भ नहीं हुई थी लेकिन शुभ के कमरे में जो डायलॉगबाजी हो रही थी उससे श्याम ने महसूस किया कि ड्रामा में मँजे हुए कलाकारों को अभिनय के लिये चयनित किया गया है और अब आगे की कड़ियों में शुभ और श्रीकांत का हाईवोल्टेज ड्रामा देखना होगा।

श्रीकांत के जाने के बाद कमरे में देर तक सन्नाटा पसरा रहा। सन्नाटे को तोड़ते हुए श्याम ने कहा, ''चल घाट से आते हैं, कई दिनों से गंगा आरती अटेण्ड नहीं की।'' घाट पहुँचने पर श्याम और शुभ सीढ़ियों पर बैठ गये। वैदिक मंत्रोच्चार से शुभ के अशांत दिमाग़ को थोड़ी शांति मिली, लेकिन भीतर ही भीतर पश्चात्ताप भी उभरने लगा।

उसने श्याम से पूछा, ''यार श्रीकांत को कुछ ज्यादा बोल दिया क्या?''

''यार वो लड़का एक तो अश्वत्थामा का रोल मिलने से सदमे में था। कहाँ उसे उम्मीद थी कि कृष्ण जैसी केंद्रीय भूमिका वाला रोल मिलेगा, कहाँ उसे अश्वत्थामा का निगेटिव रोल दे दिया गया। संजय या विदुर भी दे दिया होता तो चलता... अब मनु रोज उसका गेटअप देखेगी... रक्तरंजित चेहरा, आँखों से टपकता ख़ौफ़... ऐसे में कहाँ मनु के मन में उसके लिए प्यार पनप पाएगा।'' श्याम ने कहा।

''*गांधारी ने जो श्राप अश्वत्थामा को दिया वो आज मैं तुम्हें देता हूँ, तुम कभी फलफूल नहीं पाओगे*, ऐसा कहा उसने... लेकिन यार फिर भी मुझे इसकी चिंता नहीं है कि मैं श्रीकांत की नज़रों में क्या हूँ, मुझे दुःख इस बात का है कि मैं अपनी नज़रों में विलेन बन गया हूँ, न तो मैं मनु के पास जाकर उसे बधाई देता और न ही श्रीकांत मुझे इधर-उधर की बात कहता।'' शुभ ने

दुःखी होकर कहा।

"चल यार होता रहता है, कौन-सा मनु भी श्रीकांत को प्यार करती है जिससे यह साबित होगा कि तूने उसके सुखी जीवन में आग लगा दी और बात कर लेने में क्या गुनाह है; श्रीकांत अगर इतना ही पजेसिव रहेगा तो जीवन भर परेशान रहेगा।" शुभ को सांत्वना देते हुए श्याम ने कहा।

हॉस्टल लौटते वक्त शुभ के दिमाग़ में महाभारत की वो पंक्तियाँ बार-बार गूँजती रहीं जो उसने बचपन में पढ़ी थीं। *अश्वत्थामा हतः, इति नरो वा कुंजरो वा।*

* * *

जेम्स वाट के कैलिबर का आदमी

एम.फिल. की पढ़ाई में प्रोजेक्ट भी करने होते हैं और रिसर्च पेपर भी देना होता है। शुभ के रिसर्च का टॉपिक है "बनारस की बसाहट और इसका कास्मोपॉलिटन नेचर"। आज से रिसर्च पेपर तैयार करना है। सत्येंद्र का टॉपिक है "बनारस- एक संगीत नगरी" और श्याम को "लोक जीवन में बसा बनारस" टॉपिक मिला है।

तीनों ने निश्चय किया कि साथ ही घूमेंगे और एक-दूसरे की मदद से रिसर्च पेपर पूरा करेंगे।

सत्येंद्र ने कहा, "देखो हमें जैन दर्शन का सहारा लेते हुए रिसर्च करना है।"

शुभ ने पूछा, "क्या है जैन दर्शन में जो हमारे रिसर्च के लिये सहयोग कर सकता है?"

सत्येंद्र ने बताया, "जब महावीर से किसी ने पूछा कि सत्य को हम किस तरह जान सकते हैं तो उन्होंने बताया कि तीन तरह से- सुनकर, देखकर और पूर्व अनुभव से; इसका मतलब शहर के पुराने बुद्धिजीवियों

और गणमान्य नागरिकों से मिलना होगा, ख़ुद घूम-घूमकर शहर को देखना होगा और पूर्व अनुभव का मतलब यह कि बनारस के बारे में जो किताबें लिखी गयी हैं उन्हें पढ़ना होगा; फिर इसी को गोलमोल करके अपने रिसर्च पेपर में लिख देंगे।"

श्याम ने कहा, "यह बहुत अच्छा विचार है... हम ऐसे लोगों की सूची तैयार कर लेते हैं जिनसे हम मिलेंगे... जैसे लिट्रेचर में काशीनाथ सिंह, उधर गंगाजी के लिए विश्वंभर मिश्र, इधर संगीत में बिसमिल्लाह खान, गिरिजा देवी।"

शुभ ने कहा, "यार तुम धरती पर खड़े हो और चाँद माँग रहे हो; ये लोग तो सेलेब्रिटी हैं, हम जैसे ग़रीब छात्रों के लिए कहाँ समय निकाल पाएँगे, ऐसी विभूतियों की तलाश करो जो हमें आसानी से समय दे सकें और हमारी ज्ञान पिपासा भी शांत हो सके।"

सत्येंद्र ने कहा, "शुभ तुम बहुत नकारात्मक हो, अगर सभी लोग ऐसे ही हाथ में हाथ धरे बैठे रहते तो कभी भी कबीर को रामानंद नहीं मिलते, सूरदास को वल्लभाचार्य नहीं मिलते..."

"और नामवर सिंह को भी हजारीप्रसाद द्विवेदी नहीं मिलते।" श्याम ने हामी भरी।

सत्येंद्र ने कहा, "चलो अब इस मिशन पर जुट जाते हैं। "क़दम क़दम बढ़ाये जा ख़ुशी के गीत गाये जा, ये ज़िंदगी है क़ौम की तू क़ौम पर लुटाये जा।"

शुभ ने कहा, "सत्येंद्र तुम्हें इस मिशन में ज़रूर कामयाबी मिलेगी, जब तुम किसी अनजाने साउथ इंडियन के घर में एमएस सुब्बुलक्ष्मी का गीत सुनकर और इडली-दोसा खाकर आ सकते हो तो तुम्हारे लिए कुछ भी नामुमकिन नहीं है।"

"लेकिन ये इतना आसान काम नहीं है, इसके लिए ब्योमकेश बख्शी जैसी चतुराई चाहिए... इन लोगों से मिलने के लिये थोड़ी सिफ़ारिश भी ज़रूरी है।" श्याम ने कहा।

“लेकिन इसकी शुरूआत हमारे रिसर्च प्रोफ़ेसरों से ही करनी होगी। हम अचानक उनके घर पहुँच जाएँगे और सरप्राइज देंगे। वे पूछेंगे कि तुम लोग कैसे आये, तब हम बताएँगे कि जिस तरह गणेश जी ने अपने माता-पिता की परिक्रमा कर पृथ्वी परिक्रमा का पुण्य ले लिया उसी प्रकार गुरुदेव हमारा रिसर्च आपके आशीर्वाद से आग़ाज़ के बगैर अधूरा रहेगा; आपकी भूमिका हमारे लिए कबीर के उस दिये की तरह है जिसका सहारा लेकर शिष्य अँधेरे रास्तों में बेहिचक निकल जाता है।” सत्येंद्र ने कहा।

“और हो सकता है कि गुरुदेव की कृपा इतनी ज़्यादा बरस जाए कि उस रात का भोजन भी हमें गुरु माता के हाथों मिल जाए।” सत्येंद्र ने श्याम के कंधे पर हाथ रखा।

“बनारस की धरती ने एक से एक रत्न दिये हैं लेकिन बनारस की धरती इस रत्न को कभी नहीं भूलेगी। विश्वनाथ और काशी नरेश के बाद अब से काशी के लिए आप ही प्रथम पूज्य होंगे।” शुभ खिलखिलाकर हँसने लगा।

जब दिल्ली एसेम्बली में बम फोड़ा गया था और लाहौर में साण्डर्स का वध हुआ था, तब क्रांतिकारियों में इस बात की स्पर्धा थी कि मातृभूमि के लिए इस पुण्य कार्य में सबसे पहले भागीदारी कौन निभाएगा और बनारस के तीन क्रांतिकारी दोस्तों की दुविधा थी कि सबसे पहले किसके रिसर्च प्रोफेसर के घर जाएँ।

चूँकि प्रयोग की सफलता संदिग्ध थी इसलिए हर कोई चाहता था कि इसकी शुरूआत उसके प्रोफेसर से न की जाए। श्याम और शुभ ने सत्येंद्र पर दबाव बनाया कि उसे इन सब बातों की हैण्डलिंग का पूर्व में अच्छा अनुभव है इसलिए सबसे पहले उसके रिसर्च प्रोफ़ेसर के यहाँ से ही शुरूआत की जाए।

सत्येंद्र ने विरोध किया- कहा, “जेम्सवाट ने भाप की शक्ति के बारे में बता दिया भाई, अब रेल इंजन भी वही थोड़ी न बनाएगा, इसके लिए तो

किसी जार्ज स्टीवेंसन को आना पड़ेगा।''

श्याम ने कहा, ''ऐसा है कि हमारे पास जेम्स वाट के कैलिबर का आदमी तो है, जार्ज स्टीवेंसन के मुक़ाबले का कोई नहीं इसलिए जेम्स वाट की ही मजबूरी होगी कि वही रेल इंजन भी बनाएगा।''

* * *

सत्येंद्र के रिसर्च प्रोफ़ेसर का घर लोलार्क में है। ऑटो में तीनों क्रांतिकारी सवार हुए। शुभ ने लोलार्क कुण्ड देखने की इच्छा प्रकट की और ऑटो को वहीं छोड़ दिया गया।

सत्येंद्र ने शुभ से पूछा, ''क्या यहाँ स्नान करोगे?''

शुभ ने पूछा, ''क्या महात्म्य है?''

सत्येंद्र ने बताया, ''वैसे पहला महात्म्य तो शादीशुदा लोगों के लिए है, अगर संतान उत्पत्ति नहीं हो रही है तो हो जाएगी; तुम अगर पहले ही स्नान कर लोगे तो भगवान एडवांस बुकिंग कर देंगे।''

शुभ ने पूछा, ''दूसरा क्या महात्म्य है?''

सत्येंद्र ने कहा, ''मोक्ष मिल जाएगा... जिसके लिए लोग इतनी कठिन तपस्या करते हैं वो तुम्हें इस पुण्यभूमि में स्नान कर ऐसे ही मिल जाएगा।''

शुभ ने कहा, ''तब तो ज़रूर स्नान करूँगा, वैसे मनुष्य योनि में कोई विशेष दिक़्क़त नहीं है लेकिन पढ़ना-लिखना खूब पड़ता है।''

सत्येंद्र ने पूछा, ''ये बताओ तुम्हारा प्रिय फल क्या है?''

शुभ ने कहा, ''आम, लेकिन अभी क्यों पूछ रहे हो?''

सत्येंद्र ने मुस्कुराते हुए कहा ''स्नान उपरांत अपने प्रिय फल के त्याग करने का नियम है।''

शुभ ने कहा, ''भगवान के अंदर भी थोड़ा-सा बनिया तो है ही; बहुत

कुछ देते हैं लेकिन कुछ माँग भी लेते हैं।''

वो पैदल टहलते हुए कालोनी में पहुँच गये। एक घर के बोर्ड में लिखा था राधा वल्लभ शास्त्री, प्रोफ़ेसर, बीएचयू। शुभ ने जान लिया कि ये वही प्रोफ़ेसर शास्त्री हैं जिन्होंने मनु को परेशान किया हुआ है।

कॉलबेल बजाने के बाद दरवाज़ा शास्त्री सर ने ही खोला। उन्होंने तीनों लड़कों को बैठने को कहा तथा आने का प्रयोजन पूछा। सत्येंद्र ने रटे हुए तोते की तरह आने का प्रयोजन बता दिया लेकिन प्रोफ़ेसर शास्त्री ख़ुश होने के बजाय उखड़ गये।

उन्होंने कहा, ''लड़के बिना पृष्ठभूमि के, बिना तैयारी के, रिसर्च प्रोफ़ेसर के पास आते हैं और उनका आग्रह रहता है कि वो पका-पकाया खाना उनके सामने परोस दें... ये बड़ी दिक्कत है, फिर भी भारत में अतिथि पूजा की परम्परा है; तुम लोग घर आये हो मैं तुम्हें निराश नहीं करूँगा, कुछ प्रश्न पूछूँगा, इसका उत्तर दिया तो तुम लोगों की मदद करूँगा।''

शास्त्री सर जिस तरह से प्रश्न पूछने की तैयारी में थे, ऐसा लगा कि वो प्राचीन समय में नालंदा विश्वविद्यालय के द्वार पण्डित थे जो टेस्ट लेकर ही विद्यार्थियों को चयनित करते थे और पुनर्जन्म लेकर वे बीएचयू में म्यूज़िक डिपार्टमेंट में प्रोफ़ेसर बनकर अवतरित हुए हैं। अब इधर के लड़कों का सौभाग्य है कि इस तरह से द्वार पण्डित के माध्यम से प्रवेश-परीक्षा समाप्त हो गयी है और बाज़ार में अनेक कुंजियाँ उपलब्ध हैं जिनको कण्ठस्थ कर परीक्षा की वैतरणी पार की जा सकती है... फिर भी रिसर्च वग़ैरह की बाधाएँ तो अब भी क़ायम हैं।

सौभाग्य से शास्त्री सर ने कुमार गंधर्व के कबीर गायन पर प्रश्न पूछे जो उनका प्रिय विषय था। शुभ ने इस विषय में मनु से लम्बी चर्चा की थी, इस वजह से उसे भी कई चीज़ें कण्ठस्थ हो गयी थीं। शास्त्री जी काफ़ी ख़ुश हुए और उन्होंने कहा, ''तुम लोग रिसर्च के लिये योग्य छात्र हो, ऐसे शोधकर्ता आने से ही संगीत का भला हो सकता है।''

शास्त्री सर ने विस्तार से जानकारी देते हुए बताया, ''आप राजघाट से

शुरू करो और अस्सी घाट में समाप्त करो, इसमें पूरा भारत सिमट आएगा।

कहीं जयपुर के राजा ने घाट बनाया है, कहीं पेशवा ने; कहीं विजयनगर के राजा का घाट है तो कहीं दरभंगा के राजा ने अपना घाट बनाया है। यह तीर्थाटन ही बनारस में संगीत की तरक़्क़ी का राज़ है। कल्पना करो- विजयनगरम् के राजा कृष्णदेवराय महीने भर से बनारस में हैं और रोज घाटों के किनारे संगीत की महफ़िल का आयोजन हो रहा है, इसमें दक्षिण भारतीय कलाकार ही नहीं उत्तर भारतीय कलाकार भी अपना जौहर दिखा रहे हैं। कितना सुंदर फ़्यूजन तैयार होता होगा... उत्तर भारत के कलाकार दक्षिण भारत के अनोखे वाद्ययंत्रों को देखते होंगे, कर्नाटक शैली की बारीकियों को सीखते होंगे और उधर दक्षिण के कलाकार ध्रुपद और धमार से मुग्ध हो जाते होंगे।

भक्ति काल में देखो- उधर रैदास का भजन "प्रभुजी तुम चंदन हम पानी" वातावरण में गूँज रहा है। गंगाजी के प्रवाह की कलकल ध्वनि बैकग्राउण्ड म्यूज़िक की तरह बज रही है। उधर कबीर चौरा में कबीर भजन गाये जा रहे हैं। देर शाम सूफ़ी महफ़िल सजती है और क़द्रदान वहाँ पहुँच जाते हैं। अब तो इस फ़्यूजन का रूप ग्लोबल हो गया है। मेरी एक स्टूडेंट है सरिता, अमेरिका में रहती है। एक बार फ्लाइट का वेट कर रही थी और गिरिजा देवी के बारे में पढ़ रही थी। बग़ल में एक अमेरिकन बैठे थे। उन्होंने गिरिजा देवी का चित्र देखकर कहा, ये वाराणसी से हैं न! सरिता ने आश्चर्य से पूछा कि आप इन्हें कैसे जानते हैं? उस अमेरिकन ने बताया कि वाराणसी में एक कांसर्ट में इन्हें सुना था।"

सर ने विस्तार देते हुए कहा, "एक और भी बात है, देव भाषा संस्कृत, जब अँग्रेज़ी नहीं थी तो संस्कृत ही उत्तर और दक्षिण को जोड़ती थी। बनारस संस्कृत पठन-पाठन का प्रमुख केंद्र था और संस्कृत के माध्यम से भारत की प्राचीन परम्परा की विरासत को जानने और सहेजने का भी। चाहे हुएनसांग हो या अलबरूनी, इन्होंने भारत को बनारस के आईने से देखा। रामानुज, रामानंद और वल्लभाचार्य जब दक्षिण से भक्ति उत्तर लेकर

आये तो इन्होंने बनारस में ही इसे स्थापित किया। वे केवल भक्ति नहीं लाये, भक्ति गीतों को गाने की एक ख़ास तरह की गायन शैली भी लाये और उसके लिये उपयुक्त वाद्य भी।''

सर ने कहा, ''हम प्रोफ़ेसरों की दुनिया अपने कैम्पस तक ही सीमित रहती है। संगीत में अनोखे प्रयोग हो रहे हैं और बनारस तो इसके लिये प्रयोगशाला की तरह है। मैं तुम लोगों को सलाह दूँगा कि तुम बड़े फ़नकारों से मिलो। मैं कुछ लोगों को फोन भी कर दूँगा उनसे ज़रूर मिल लेना। बनारस में रह रहे हो और संगीत पर रिसर्च कर रहे हो तो गिरिजा देवी से ज़रूर मिल लेना; उनको मेरा रिफ़्रेंस देना वे ज़रूर मदद करेंगी।''

शाम ढल चुकी थी और चमत्कारों का सिलसिला रुका नहीं था। गुरुमाता ने सभी को खाने की टेबल पर बुलाया। शुरूआती ना-नुकुर के बाद शास्त्री सर के कठोर चेहरे को देखकर लड़कों को सरेण्डर करना पड़ा और एक उत्तम भोजन का स्वाद कई दिनों के बाद तीनों को प्राप्त हुआ।

देर तक शुभ ने मनु का ज़िक्र दबाकर रखा था लेकिन खाने के दौरान उसने शास्त्री सर को बताया कि उनकी एक स्टूडेण्ट मनु, उसके पिता के मित्र की बिटिया है।

शास्त्री सर बहुत प्रसन्न हुए। उन्होंने कहा, ''मनु का कण्ठ बहुत मीठा है और वो गहरी भावनाओं के साथ गाती है, मुझे लगता है कि वो अपना पूरा समय संगीत को देगी तो उसका इस दिशा में भविष्य उज्ज्वल है।''

शास्त्री सर के घर से निकलने के बाद सबसे प्रफुल्लित सत्येंद्र था। उसे ऐसी खुशी मिली थी जैसे उसने जैकपॉट जीत लिया हो। शुभ को इस बात की ख़ुशी थी कि अब उसके पास मनु के लिए एक ऐसा समाचार है जिसे सुनकर वो बहुत ख़ुश होगी। लेकिन इसे वो यूँ ही नहीं सुना देगा, थोड़ा सस्पेंस क्रिएट करेगा... जब रोचकता अपने चरम पर होगी तब इसका खुलासा करेगा।

शुभ और सत्येंद्र ख़ुश थे लेकिन उनके अंदर विचारों की लहर

लगातार उमड़ रही थी। लेकिन श्याम शांत था, ऐसा लगा कि बरसों की क्षुधा उसने मिटा ली हो।

श्याम ने कहा, ''यार उस दिन राय सर जब दक्षिण भारत का इतिहास पढ़ा रहे थे तब उन्होंने दण्डिन के दशकुमार चरितम् का क़िस्सा बताया था। एक राजकुमार जो भटकते हुए जंगल पहुँच गया और जब भूख से व्याकुल होकर एक झोपड़ी में पहुँचा तो उसे ब्राह्मण-कन्या ने भोजन दिया, उसे यह दुनिया के सारे पकवानों से अच्छा लगा। जब सर पढ़ा रहे थे तब मैं सोच रहा था कि ऐसा क्या रहा होगा उस भोजन में। आज जब गुरुमाता के यहाँ ऐसा प्रसाद ग्रहण किया तो मैं तृप्त हुआ। मैं ज़ोर देकर कहूँगा कि इतिहास की पढ़ाई प्रैक्टिकल होनी चाहिए... मसलन यदि क़िस्से में अच्छे भोजन का ज़िक्र है तो कॉलेज में वैसा ही बनाकर दिखाया जाए और खिलाया जाए कि देखो यह था वो भोजन, जिसे राजकुमार ने खाया।''

सत्येंद्र ने कहा, ''फिर जब सर महाराणा प्रताप पढ़ाएँगे तब तुम्हें घास की रोटी भी खिलाएँगे जो महाराणा को मजबूरी में खानी पड़ती थी।''

शुभ ने मुस्कुराते हुए कहा ,''श्याम पुत्र, मेरे विचार से तुम्हें मनुष्य योनि में भेजा जाना ईश्वर का ग़लत निर्णय था, तुम चौरासी लाख योनियों को प्राप्त कर इस दिव्य पद के लिये प्रमोट हुए हो, फिर भी तुम्हारा बराबर ध्यान पशुओं की तरह खाने-पीने में ही लगा रहता है; शास्त्री सर की इतनी ज्ञानपूर्ण बातों को तुमने संज्ञान में नहीं लिया और गुरुमाता का भोजन ही तुम्हें याद रह गया धिक्कार है।''

सत्येंद्र ने कहा, ''अब इसका प्रायश्चित करो, एक ग़रीब ब्राह्मण और एक ग़रीब क्षत्रिय को आइसक्रीम खिलाओ, तुम गुरुमाता के ऋण से मुक्त हो पाओगे।''

मुस्कुराते हुए श्याम ने कहा, ''घास की रोटी भी खाओगे क्या?''

शुभ ने लौटकर हॉस्टल में अपने कमरे की खिड़की खोली। खिड़की के बिलकुल पास रातरानी का पेड़ है। रातरानी की ख़ुशबू से कमरा महक उठा। जब भी शुभ खिड़की खोलता है उसे जगजीत की गायी वो नज़्म याद

आ जाती है। "तेरे आने की जब ख़बर महके, तेरी ख़ुशबू से सारा घर महके... शाम महके तेरे तसव्वुर से, शाम के बाद फिर सहर महके।"

श्याम ने शुभ से पूछा, "तुझे नींद नहीं आ रही है?"

"चाँदनी रात में जब ठण्डी हवा रातरानी की ख़ुशबू पूरे कमरे में बिखेर दे और इस जादू का एहसास करते हुए भी कोई सो जाए ये कैसे हो सकता है।"

श्याम- "रातरानी, कितना प्यारा नाम है; किसी ने पहली बार रखा होगा और सबको पसंद आ गया होगा तब से सभी लोग बोलते हैं- रातरानी।"

शुभ- "मुझे मोगरे का फूल भी बहुत अच्छा लगता है, वेणियों में महिलाएँ शायद इसलिए ही इसे गूँथती होंगी, इससे उनकी सुंदरता में चार चाँद लग जाते हैं। गुलज़ार ने कितना सुंदर लिखा है न- 'लब हिले तो मोगरे के फूल खिलते हैं कहीं'। गुलाब बहुत सोफिस्टिकेटेड फूल है, आभिजात्य का प्रतीक... वो सुंदर उतना नहीं, आधुनिक ज़्यादा है।"

श्याम- "फूलों में सबसे अच्छा कमल का फूल है; हमारे गाँव के तालाब में ख़ूब कमल फूलते हैं, उनसे सरोवर के आसपास का पूरा क्षेत्र बहुत सुंदर लगता है।"

शुभ- "हाँ, पर कमल का फूल अपने आकार की वजह से मार्केट में टिक नहीं पाया, नायिकाएँ इतने बड़े फूल से कैसे अपनी केश-सज्जा कर पातीं।"

श्याम- "क्या फूल की नियति स्त्री ही है या ईश्वर?"

शुभ- "नहीं, पुष्प की अभिलाषा पूछो तो नहीं, चाह नहीं मैं सुरबाला के गहनों में गूँथा जाऊँ, याद आया न!"

श्याम- "आज से पचास साल पहले का समय देखो तो कितने अच्छे लोग थे, कितनी सुंदर भावपूर्ण रचना लिखते थे... महादेवी, सुभद्रा कुमारी चौहान, माखनलाल चतुर्वेदी।"

शुभ- ''श्याम मुझे अजीब-सी इच्छा पैदा होती है इनके उत्तराधिकारियों के बारे में जानने की; हम इनसे कभी नहीं मिल सकते लेकिन इनके बच्चों से मिलकर तो यह महसूस कर सकते हैं न कि ये विभूतियाँ कभी इस संसार में आयी थीं।'' विनोद कुमार शुक्ल जी की वो कविता याद आती है न, जो मेरे घर कभी नहीं आएँगे, मैं उनसे मिलने उनके पास चला जाऊँगा।

श्याम- ''तुम फूलों की बात कह रहे थे न, संस्कृत साहित्य पढ़ो, यह बहुत अच्छा है। बॉटनी में तुम्हें फूलों के वैज्ञानिक नाम मिलेंगे, लेकिन संस्कृत में जब उनके नाम सुनोगे तो तुम्हें अजीब सुख मिलेगा- जैसे चम्पा का फूल। यदि मैं चम्पा की जगह प्लूमेरिया कहूँ तो वो आनंद महसूस नहीं होगा, इसकी वजह है चम्पा हमारी स्मृति में बसा शब्द है... जब हम चम्पा सुनते हैं तब तुरंत हमारी स्मृतियों में वो प्यारा-सा फूल खिल जाता है और हमें अच्छा लगने लगता है।''

शुभ- ''लेकिन जब मैं लिली सुनता हूँ या एंटीगोनन सुनता हूँ तो भी मुझे प्यारी-सी अनुभूति होती है। अज्ञेय के उपन्यास शेखर एक जीवनी में जब शेखर एंटीगोनन का फूल लगाकर कॉलेज पहुँचता है तो उसकी लार्जर दैन लाइफ़ छवि बनती है, यह एंटीगोनन के फूल का ही चमत्कार होता है।''

श्याम- ''आज की रातरानी का इतना डोज पर्याप्त है, अब आराम करो।''

* * *

झीनी झीनी बीनी चदरिया ...

अंधायुग का रिहर्सल आरंभ हो गया है। सबसे ज़्यादा डायलॉग गांधारी और अश्वत्थामा के हैं इसलिए सुमन और श्रीकांत को पूरा समय मंच पर ही देना पड़ता है। उत्तरा और व्याध की भूमिका छोटी-सी है लेकिन रिहर्सल चल रही है इसलिए मनु और शुभ का रहना भी ज़रूरी है।

शुभ ने मनु से मिलते ही कहा, "आज मेरे पास तुम्हारे लिए सरप्राइज है।"

"कैसा सरप्राइज?"

"किसी ने तुम्हारी तारीफ़ की है।"

"किसने?"

"शास्त्री सर ने।"

"आप शास्त्री सर से कहाँ मिल लिये?"

"उनके घर पर।"

"अरे वाह! कैसे हुआ, आप उनके घर कैसे चले गये?"

“यह सब राज़ की बात है आसानी से नहीं खुलेगा।”

“राज़ प्रकट करने की क़ीमत बताइए”

“चाय पिलाओगी?”

“बहुत सस्ते में छोड़ रहे हैं।”

“मैं ग़रीबों का ज़्यादा शोषण नहीं करता।”

“ग़रीबों के साथ इतना रहम भी ठीक नहीं है; ये मेरे लिए बहुत बड़ी उपलब्धि है और आप ऐसे ही सस्ते में छोड़ रहे हैं।”

“चलो अब ग़रीब आदमी लुटने के लिए तैयार है तो मैं क्या कर सकता हूँ, साथ में कटलेट भी खिला देना।”

“अब बताइए सस्पेंस क्रिएट मत कीजिए।”

“प्रोजेक्ट के सिलसिले में उनसे मिलने गये थे, बातों-बातों में तुम्हारा ज़िक्र आया; सर कह रहे थे तुम्हारी आवाज़ बहुत मीठी है और तुम गहरी भावनाओं के साथ गाती हो।”

“सच में! और क्या कहा?”

“बस इतना ही।”

“एक बार फिर से बता दीजिए, कितना अच्छा लग रहा है, शास्त्री सर ऐसा कहेंगे मैं सपने में भी नहीं सोच सकती थी।”

“सचमुच उन्होंने ऐसा ही कहा, कह रहे थे अच्छा रियाज़ करेगी तो उसका भविष्य बहुत उज्ज्वल है।”

“अरे वाह! आपको मालूम है आप एक बड़ा मौक़ा चूक गये।”

“कैसा मौका?”

“आप तो कटलेट लेकर ही शांत हो गये, मैं तो राजा बलि की तरह आपको तीनों लोक दे देती, कम से कम अभी पर्स के सारे पैसे तो दे ही देती।”

"वामन को कटलेट ही खिला दो।"

रिहर्सल में कुछ देर का ब्रेक मिला। मनु ने शुभ से कहा, "चलो तुम्हें सुमन से मिलवाती हूँ।"

सुमन के पास ही श्रीकांत भी खड़ा था इसलिए शुभ को हिचक हो रही थी, फिर भी शुभ कुछ कह नहीं पाया और मनु आगे बढ़ गयी।

"ये सुमन है, हमारे क्लास की सबसे प्रतिभाशाली लड़की; इतनी होशियार है कि हम सब लोग इससे जलते हैं और श्रीकांत को तो आप जानते ही होंगे।" फिर शुभ का परिचय मनु ने कराया।

"सबसे अच्छी लड़की तो मनु है।" सुमन ने मनु के कंधे पर हाथ रखकर कहा।

"गांधारी के किरदार में कैसा महसूस हो रहा है?" शुभ ने पूछा।

सुमन- "अच्छा, बस आँखों पर पट्टी लगानी पड़ेगी स्टेज में।"

शुभ- "और फ़ेस एक्सप्रेशन की भी ज़रूरत नहीं, आधा चेहरा तो ढँका ही रहेगा।"

सुमन- "हाँ ये नाटक आसान है मेरे लिए... यदि *जिन लाहौर नईं वेख्या* जैसा नाटक होता तो थोड़ा मुश्किल होता क्योंकि उर्दू ज़बान में तलफ़्फ़ुज़ में थोड़ी दिक़्क़त होती है।"

मनु- "दो साल पहले एक वर्कशाप हुई थी बीएचयू कैम्पस में ही, मेरे साथ मलय भैया भी गये थे। उसमें मुम्बई से लता जी के साथ काम कर चुके एक कारिंदे आये थे। उन्होंने एक क़िस्सा बताया था। महल फ़िल्म के गीत 'आयेगा आने वाला' गाने के लिये लता जी स्टूडियो में बैठी थीं। बाहर नर्गिस और उनकी मम्मी जद्दनबाई भी थीं। इस गाने में एक अंतरा है 'दीपक बग़ैर कैसे परवाने जल रहे हैं'। लता ने इसे इतने ख़ूबसूरत तरीक़े से गाया कि जद्दनबाई ने पूछा कि आपने 'बग़ैर' इतने अच्छे से कैसे कहा। लता जी ने बताया कि उनके पिताजी ने उर्दू के लिए विशेष ट्यूटर लगाया था।"

सुमन- "एक-एक शब्द को लता इतने अलग ढंग से गाती हैं जैसे वो भाषा की जादूगर हों।"

मनु- "लता काशी आयी हैं क्या कभी?"

श्रीकांत- "ज़रूर आयी होंगी; बाबा के आशीर्वाद के बग़ैर कोई इतना अच्छा कैसे गा सकता है।"

मनु- "श्रीकांत, तुम पर भी बाबा का आशीर्वाद है!"

श्रीकांत- "शुक्रिया लेकिन बाबा इन दिनों मुझ पर मेहरबान नहीं हैं।"

मनु- "क्या हुआ, कोई चिंता की बात है?"

श्रीकांत- "नहीं ऐसा कुछ नहीं; किसी पर भरोसा किया था, उसने तोड़ दिया।"

सुमन ने मज़ाक़ किया, "तुम तो अश्वत्थामा हो श्रीकांत, वध कर दो ऐसे वंचक का।"

मनु- "श्रीकांत चिंता में है तुम लोग मज़ाक़ कर रहे हो।"

श्रीकांत- "छोड़ो, उससे मैं निपट लूँगा।"

"चलो श्रीकांत चाय तो पिला दो, इतने सारे डायलॉग बोल-बोलकर थक गये हैं।" सुमन ने कहा।

* * *

कैंटीन में...

शुभ और श्रीकांत दोनों ही एक ही म्यान में दो तलवारों की तरह कैंटीन में बैठे हैं। सुमन ने चाय और समोसे मँगवाये।

चाय पीते हुए शुभ ने सुमन से कहा, "गांधारी का किरदार मुझे बहुत दिलचस्प लगता है... गांधार देश में पैदा हुईं और हस्तिनापुर में ब्याही गयीं, अपना अधिकांश जीवन आँखों में पट्टी लगाकर ही बिता दिया वो भी प्रण करके। धृतराष्ट्र का चरित्र सचमुच ख़राब है लेकिन गांधारी के सम्बन्ध

में ऐसी राय नहीं रखी जा सकती; एक तरह से गांधारी का पूरा चरित्र सकारात्मक ही रहा है।''

सुमन- ''हाँ लेकिन कुछ ऐसी बातें हैं जिनका गांधारी ने विरोध नहीं किया जैसे शकुनि का; वो बिलकुल दहेज़ के सामान की तरह हस्तिनापुर पहुँच गया और आख़री दम तक टिका रहा।''

शुभ- ''उस जमाने में कुरुवंश के बरातियों की ऐश रहती होगी, कभी बरात में गांधार चले गये, कभी मद्र देश चले गये। सोचो तो, गांधारी की शादी का रिसेप्शन गांधार नरेश ने कहाँ दिया होगा... या तो स्वात घाटी में या बामियान में बुद्ध प्रतिमा वाली पहाड़ियों के ठीक नीचे।''

मनु- ''अंधायुग में द्रौपदी का किरदार नहीं है; उत्तरा का किरदार तो उसी तरह है जिस तरह पुरानी वायलेंस वाली फ़िल्मों में थोड़ी देर दिखाने के लिये एक्ट्रेस रख देते थे। मुझे तो पाँचों पाण्डवों के अकेले बराबर और विशिष्ट द्रौपदी का चरित्र लगता है। बहुत सारे शेड हैं द्रौपदी के केरेक्टर में। सोचो... राजसूय यज्ञ के दौरान जब दुर्योधन को उसने कहा होगा- अंधे का बेटा अंधा तो क्या गुज़री होगी दुर्योधन पर।''

सुमन- ''इसलिए ही तो बाद के नाटककारों ने इसे पकड़ा। भट्टि का वेणीसंहार इसका उदाहरण है। दुर्योधन के साथ ही नहीं, कर्ण के साथ हुआ प्रसंग भी बेहद अप्रिय था, जब अपने स्वयंवर में द्रौपदी ने कहा कि सूतपुत्र के साथ ब्याह नहीं करूँगी। अजीब बात है कि उस स्त्री ने कैसे पाँच पाण्डवों की पत्नी होने की विडम्बना को स्वीकार कर लिया।''

रिहर्सल का ब्रेक समाप्त होने को था। शुभ ने कहा, ''मुझे मजाज़ का वो शे'र याद आ रहा है - 'तेरे माथे का यह आँचल बहुत ही ख़ूब है लेकिन, तू इस आँचल से इक परचम बना लेती तो अच्छा था।' आप लोग मजाज़ की मंशा पूरा कर रही हैं, काशी-यात्रा में अपने विभाग का परचम लहराने को पूरी तरह से तैयार।''

सुमन ने आपत्ति जतायी... कहा, ''श्रीकांत की एक्टिंग भी शानदार है और वो भी परचम लहराने में हमारे साथ बराबरी का भागीदार है।''

श्रीकांत ने नाराज़गी प्रकट करते हुए अकबर इलाहाबादी का शे'र कहा। 'दुनिया में हूँ दुनिया का तलबगार नहीं हूँ, बाज़ार से गुज़रा हूँ ख़रीदार नहीं हूँ।''

श्रीकांत और सुमन के जाने पर मनु ने शुभ से कहा ''श्रीकांत का मूड कुछ उखड़ा-उखड़ा लगता है, आजकल ढंग से बात नहीं करता।

शुभ- ''होगी कोई गहरी बात जो उसके दिल को चुभ रही होगी; वैसे अश्वत्थामा का किरदार श्रीकांत से बेहतर कोई नहीं निभा सकता, ग़ज़ब का प्रतिभाशाली है।''

मनु- ''आप घर आइए न!''

शुभ- ''मुझे तो वहाँ सबके बीच बहुत अच्छा लगता है, सबके साथ बहुत अपनापन महसूस होता है; अभी प्रोजेक्ट की तैयारी भी चल रही है इसलिए समय नहीं मिल पा रहा, फ़ुरसत मिलते ही आऊँगा, अंकल से भी बनारस के बारे में बहुत सी बातें करनी हैं... सुमन से मिलकर बहुत अच्छा लगा, इसका बैकग्राउण्ड क्या है?''

मनु- ''इनके पापाजी रेलवे की जॉब में हैं, बड़ा भाई चण्डीगढ़ में है; पापा रिटायर होने ही वाले हैं, शायद पढ़ाई होते ही ये लोग दिल्ली में सेटल हो जाएँगे।''

शुभ- ''अच्छी बात है; अभी कैसे जाओगी?''

मनु- ''गीता है न, हम लोग जय और वीरू की तरह हैं, वो रोज़ मुझको ढोती है।''

* * *

ईट, प्रे, लव

अगली बारी शुभ के रिसर्च प्रोफ़ेसर राजपूत सर के पास जाने की थी। वे रूहेलखण्ड से थे और उनका दावा था कि उनके पूर्वजों ने ही बहराइच में महमूद गजनवी के बेटे ग़ाज़ी मोहम्मद को पराजित किया था। अपने राजपूती आन-बान-शान का प्रदर्शन वे लगातार करते थे और उनका सूत्रवाक्य था कि *ज़िंदगी को खुलकर जीना चाहिए।* वे एक राजस्थानी उक्ति *वीर भोग्या वसुन्धरा* का उपयोग भी हमेशा करते थे। उनके स्वभाव को लेकर शुभ आश्वस्त था, फिर भी घर जाने को लेकर थोड़ी आशंका तो रहती ही है। शाम के समय बीएचयू कैम्पस स्थित उनके घर पर टहलते हुए तीनों पहुँच गये। शुभ ने अपने विषय के सम्बन्ध में राजपूत सर को बताया और मार्गदर्शन चाहा।

राजपूत सर- "इससे पहले कभी कोई लड़का रिसर्च के बारे में मार्गदर्शन लेने नहीं आया, आप लोग पहली बार आये हैं मुझे अच्छा लगा; आप लोग कट-पेस्ट में यकीन नहीं कर रहे। कई बार मैं देखता हूँ हमारे यहाँ बहुत घटिया विषयों में रिसर्च होती है जिसका कोई औचित्य नहीं, इसलिए मेरा मन इससे भर गया है।"

शुभ- "सर! रिसर्च के लिये सामग्री किस तरह इकट्ठी करें?"

राजपूत सर-"तुम्हें बीएचयू की छोटी-सी दुनिया से बाहर निकलना होगा; वो शे'र सुना है न तुमने, 'आँखों में रहा दिल में उतरकर नहीं देखा, कश्ती के मुसाफ़िर ने समंदर नहीं देखा।' तुम लोग बहुत भाग्यशाली हो जो बनारस में हो जो भारतीय संस्कृति की आत्मा है; दूसरे शहर आपको शारीरिक और मानसिक सुख दे सकते हैं लेकिन बनारस ही ऐसा शहर है जो आपकी आत्मा को भी ख़ुराक देता है।"

सत्येंद्र- "आत्मा की ख़ुराक; शुभ! सर ने जो वाक्य कहा वो बनारस के बारे में तुम्हारी रिसर्च का पूरा निचोड़ हो सकता है।"

राजपूत सर सत्येंद्र की बात से बहुत खुश हुए और उनकी आँखों में चमक आ गयी। "आत्मा की खुराक यह मैंने क्यों कहा, इसके लिए एक क़िस्सा सुनाता हूँ। अमेरिकन लेखिका एलिजाबेथ गिल्बर्ट काशी आयी थीं। वे बीएचयू के प्रोफ़ेसरों से भी मिलीं जिनमें ये नाचीज़ भी शामिल था। उन्होंने बताया कि उनके दिमाग़ में एक पुस्तक की परिकल्पना है, इसका शीर्षक उन्होंने रखा है ईट, प्रे, लव। यह एक उदास अमेरिकन लड़की की कहानी है जिसका तलाक़ हो चुका है और अपने जीवन में सुकून खोज रही है। किसी ने उसे बताया कि तुम संतुष्ट तभी होगी जब तुम तीन बुनियादी काम कर लोगी- पसंद का खाना, आध्यात्मिक ज्ञान और प्रेम। खाने-पीने का सुख और तृप्ति प्राप्त करने तुम इटली जाओ, आध्यात्मिक ज्ञान प्राप्त करने तुम बनारस जाओ और प्रेम की तलाश में बाली (इंडोनेशिया) जाओ। वो लड़की ऐसा ही करती है और अंततः सुख से भर जाती है। यह कहानी सुनाने का मेरा तात्पर्य है कि तुम जिस जगह पर हो वहाँ आत्मा की ख़ुराक उपलब्ध है, इस अपूर्व आध्यात्मिक खज़ाने को प्राप्त करो। देखो लोग कितनी दूर से यहाँ ज्ञान प्राप्त करने आते हैं और इस पुण्य-भूमि में उन्हें यह मिलता भी है; बुद्ध इसके सबसे बड़े उदाहरण हैं।"

शुभ- "सर इसके लिए क्या करना होगा?"

राजपूत सर- "यहाँ आध्यात्मिक क्षेत्र में बहुत पाखण्डी लोग भी हैं

लेकिन कुछ तत्वज्ञानी भी मौजूद हैं; गंगाजी के घाट में पड़ताल करोगे तो सबकी कुण्डली मिल जाएगी, फिर छाँट लो अपना सद्‌गुरु।''

श्याम – ''सर और अगर ऐसा कोई न मिले तो?''

राजपूत सर- ''हमारे यहाँ इतनी सारी किताबें हैं, धर्मग्रंथ है, उन्हें क्यों नहीं पढ़ते; आख़िरी बार कौन-सी धार्मिक किताब पढ़ी है तुम लोगों ने? मार्क्स ने एक फ़ार्मूला दे दिया कि धर्म समाज के लिए अफ़ीम की तरह है और अधिकांश शिक्षित समाज ने धार्मिक लोगों को अफ़ीमचियों की तरह मान लिया। मैं तो ये कहता हूँ कि इन लोगों ने मार्क्सवाद को अफ़ीम की तरह चाट लिया है और अपने धर्म, अतीत और गौरव को भूल चुके हैं। आप धर्म की उपेक्षा करेंगे तो सदियों से संचित सद्‌विचार और अनुभवों से भी हाथ धो बैठेंगे।''

श्याम- ''हाँ सर, बचपन में मन में कोई बुरा विचार आता था तो लगता था ईश्वर देख रहा है; अब इतिहास की किताबें पढ़ लीं तो ईश्वर का डर भी समाप्त हो गया और अब अच्छे-बुरे का भेद भी समाप्त हो गया। मैं अपने स्वार्थ में कुछ भी कर लूँ, ऊपरवाले की ओर से दण्डित नहीं होऊँगा, संयोगवश फँस जाऊँ तो भले ही ऐसा हो सकता है। अपने आसपास कई भ्रष्ट लोगों को भी देखो तो ऐसा ही अनुभव होता है कि ये लोग पूरा जीवन सुख में जीते हैं और दूसरों को लूटकर भी इनकी आत्मा को कष्ट नहीं होता।''

शुभ- ''मैं इस पर पूरी तरह सहमत नहीं हूँ श्याम... धार्मिक आचार-विचार से समाज में अनुशासन तो बँधता है लेकिन बहुत से ऐसे लोग हैं जो अपनी आत्मा की सुनते हैं और ग़लत काम नहीं करते, भले ही वो यह जानते हो कि ईश्वर के दरबार में उनके अच्छे कार्यों का लेखा-जोखा रखा जाना भी कब से बंद कर दिया गया है।''

राजपूत सर- ''शुभ! ये लोग कहते हैं कि तुम्हारे देवी-देवता झूठे हैं, ब्राह्मणों की कल्पना है; ऐसा है तो क्यों मुझे गहरा सुकून गंगाजी के तट पर मिलता है, क्यों मैं विश्वनाथ के दर्शन प्राप्त कर अभिभूत हो जाता हूँ।

आस्था की वैज्ञानिक व्याख्या नहीं होती, प्रार्थना से करोड़ों लोगों को जो सुख मिलता है। अपनी बेहतर जिंदगी के प्रति वे जो आश्वस्त होते हैं वो उन्हें और कहाँ मिलेगा। मैं कई सालों से सुबह की सैर पर निकलता हूँ। घाटों पर देखता हूँ कि कई लोग पहली बार गंगा स्नान के लिये पहुँचे हैं। उनकी आँखों में अजीब-सी शांति दिखती है। इतना सुख और कहाँ मिलेगा। मैं यह भी महसूस करता हूँ कि नयी पीढ़ी गंगाजी के महात्म्य से अपरिचित है, इस पापमोचिनी नदी में यदि उनकी वैसी ही आस्था होती जैसे उनके पूर्वजों की थी तो उनके लिए बनारस यात्रा का आनंददायी अनुभव केवल यादगार नहीं रह जाता अपितु वो हिंदू मान्यता के उस पहलू को समझ पाते, जिसमें कहा गया है कि आत्मा कभी नहीं मरती, वो केवल शरीर बदलती है। बनारस यात्रा का अनुभव केवल इंद्रियजनित अनुभव नहीं है यह एक आत्मीय अनुभव है।''

शुभ- ''सचमुच सर, हमारी पीढ़ी में पूजा के संस्कार नहीं हैं और शहरी लोगों में तो बहुत ही कम। श्याम रोज संध्या-पूजन करता है और इसकी तरह ही ग्रामीण पृष्ठभूमि से आये कई लड़के। हम लोग कॉलोनियों में रहे और उसी दिनचर्या में ढल गये। पहले जन्मदिन में मंदिर जाते थे, अब वो भी बंद कर दिया।''

राजपूत सर- ''यह पूरे उत्तर भारत की समस्या है कि हमारी धार्मिकता केवल गणेशोत्सव, दुर्गोत्सव और होली-दीपावली तक सीमित रह गयी है, व्रत-अनुष्ठान भी कम होने लगे हैं। पहले घर-घर में माँ संतोषी के उद्यापन होते थे, अब बंद हो गये। इसके विपरीत दक्षिण भारत ने अपनी परम्परा को अक्षुण्ण रखा है। दक्षिण के किसी भी शहर में जाएँ, हर एक-दो किलोमीटर में एक गोपुरम से घिरा मंदिर नजर आ जाता है। वहाँ वेणी पहने महिलाएं और त्रिपुण्ड लगाये पुरुष नजर आते हैं। उधर विष्णुसहस्रनाम का जाप होता रहता है; मैंने दुनिया में इससे ज़्यादा आस्थावान और धार्मिक लोग नहीं देखे।''

शुभ- ''बनारस में दक्षिण भारत का असर कैसा रहा सर?''

राजपूत सर- ''बहुत ज़्यादा... रामानंद और वल्लभाचार्य को छोड़ो,

एनीबेसेंट तक बनारस आयीं और दक्षिण भारत का थियोसॉफिकल आंदोलन प्रभावी रूप से बनारस में भी चला। जे0 कृष्णमूर्ति के राजघाट आश्रम का बड़ा प्रभाव रहा यहाँ पर, कभी जाओ वहाँ बहुत आनंद आएगा।''

शुभ- ''ज़रूर सर।''

राजपूत सर को धन्यवाद देकर तीनों हास्टल चले आये और शुभ के कमरे में नोट्स बनाने में लग गये। नोट्स बनाने के बाद तय हुआ कि सर की योजना पर अमल किया जाएगा और बनारस के आध्यात्मिक ख़ज़ाने की तलाश की जाएगी, इसकी शुरूआत कृष्णमूर्ति आश्रम राजघाट से करेंगे।

* * *

राजघाट के कृष्णमूर्ति आश्रम में

तीनों आश्वस्त थे कि आराम से कृष्णमूर्ति आश्रम घूमेंगे, लेकिन गार्ड ने रोक दिया, कहा ये घूमने की जगह नहीं। सौभाग्य से उधर हॉस्टल वार्डन गुज़र रहे थे। उन्होंने आने का प्रयोजन पूछा। उन्होंने कहा, ''अच्छी बात है तुम लोग पूरा आश्रम देख लो, फिर चाय पियेंगे।''

आश्रम बहुत ही सुंदर था।

सत्येंद्र ने कहा, ''पता नहीं हम लोग ओराविले जा पाएँगे या नहीं, लेकिन मेरा दावा है कि ओराविले इससे ख़ूबसूरत नहीं होगा।''

श्याम- ''इतनी ख़ूबसूरत और सुकून भरी इमारत, सचमुच शोर से भरे शहर में निर्वाण मिलना कठिन है, साधना तो ऐसी ही जगह में हो सकती है।''

एक विशाल बरगद पेड़ के पास एक बेंच थी। वहाँ से गंगाजी नज़र आ रही थीं और गंगाजी पर बना पुल भी। ऐसा नज़ारा था कि लगता था कि देर तक बैठ कर इसे निहारते ही रहो।

शुभ- “मैंने एक बार निर्मल वर्मा का, राजघाट-आश्रम पर संस्मरण पढ़ा था। उन्होंने लिखा है - यहाँ पर पत्थर की बेंच पर बैठा गंगा को देखता हूँ तो केवल गंगा नज़र आती है। हज़ारों साल की आदि स्मृति, धूप में खिली, खुलती हुई। हवा चलने पर आख़री साँस में अटके हुए पत्ते भी मुक्त हो जाते हैं। शायद मृत्यु भी इतनी ही शांत, सहज, झोंके की तरह आती हो लेकिन बताने वाला हमेशा के लिए काल सरिता में बह जाता है।”

सत्येंद्र- “धूप में घाटों में अच्छा नहीं लगता, लेकिन यहाँ घने पेड़ों की वजह से बहुत अच्छा लग रहा है। श्याम ईट और प्रे का इंतजाम हो गया, बस अब जीवन में लव ही अपेक्षित रह गया है।

श्याम- “उसके लिए इण्डोनेशिया जाना पड़ेगा या यहीं कुछ इंतज़ाम हो जाएगा?”

सत्येंद्र- “ख़ुशक़िस्मत रहोगे तो यहीं और बदक़िस्मत रहोगे तो इण्डोनेशिया में भी तुम्हारा उद्धार नहीं हो पाएगा।”

शुभ- “तुम्हें प्रेम करने की ज़रूरत नहीं, तुम प्रेम के लिए बने ही नहीं। प्रेम करोगे तो नुकसान में रहोगे, पीसीएस ऑफिसर को मिलने वाला लाखों रुपये का दहेज खो दोगे।”

श्याम- “नहीं, मुझे तो फिर वही कहानी याद आ रही है जब राजकुमार ने एक ग़रीब ब्राह्मण कन्या के यहाँ भोजन किया और उसे पत्नी के रूप में स्वीकार किया, मैं तो ऐसी ही किसी लड़की की तलाश करूँगा।”

फिर तीनों दोस्त हॉस्टल पहुँचे। वहाँ वार्डन ने चाय मँगवायी। शुभ ने कहा, “हम लोग तो लौटने ही वाले थे, अच्छा हुआ आप मिल गये नहीं तो हम इस सुंदर अनुभव से वंचित रह जाते।”

वार्डन- “हमें भी लोगों को यहाँ प्रवेश से रोकने में दुःख होता है, लेकिन किसी परिसर की एक गरिमा होती है, सभी को प्रवेश देने से यहाँ निजता के समाप्त होने की आशंका बनती है, इससे आश्रम के लोगों के लिए बड़ा लक्ष्य प्राप्त करना कठिन होगा।”

शुभ- “आप लोग बहुत अच्छे लोग हैं; मैं एक बार पुस्तक मेले में गया था, वहाँ कृष्णमूर्ति साहित्य से सम्बन्धित स्टॉल भी लगा था। एक किताब मैंने उठायी। देर तक पन्ने पलटता रहा, फिर क़ीमत देखी। इसकी क़ीमत देखकर मुझे ख़रीदने में संशय हो रहा था। मेरे पास स्टॉल के प्रतिनिधि आये। उन्होंने पूछा कि किताब अच्छी लगी तो इसे ख़रीद क्यों नहीं रहे। मैंने कहा कि पुस्तक मेले के लिए मेरे पास निर्धारित बजट है यह थोड़ी महँगी लग रही है। उन्होंने कहा कि इसे ले जाओ, चाहे कुछ पैसे दे दो या नहीं दो लेकिन पढ़ना ज़रूर।”

वार्डन- “कृष्णमूर्ति बड़े विलक्षण थे... थियोसॉफ़ी में सिद्धांत है कि विश्वगुरु आएगा जो दुनिया को ज्ञान देगा। एनीबेसेंट ने सत्रह वर्ष के कृष्णमूर्ति को विश्वगुरु बताया था और उन्होंने अपना अमूल्य ज्ञान दिया।”

वार्डन ने कुछ कैसेट और किताबें तीनों को दीं और बताया कि यहाँ ध्यान का नियमित सेशन होता है, आप लोग हमेशा आमंत्रित हैं।

कृष्णमूर्ति-आश्रम से बाहर निकलकर तीनों पुनः वाराणसी की तंग गलियों से होते हुए अपने हॉस्टल पहुँचे।

रास्ते में सत्येंद्र ने कहा, “हमारे यहाँ आध्यात्मिक क्षेत्र में भी महत्व अमेरिका से मिलता है। जब विवेकानंद जी शिकागो गये तभी उन्हें देश में भी सम्मान मिला... ओशो, योगानंद परमहंस, एसी भक्तिवेदांत या कृष्णमूर्ति किसी को भी देख लें।”

शुभ- “हाँ, क्योंकि हमारी औपनिवेशिक मानसिकता में शासक-वर्ग की भाषा को ही ज्ञान की भाषा माना जाता है। पहले संस्कृत रही, फिर फारसी और अब अँग्रेज़ी हो गयी। देशी भाषा में आप कितनी भी ज्ञान की बातें कह दो लोग बोलेंगे घर का जोगी जोगड़ा।”

श्याम- “लेकिन यह भी आंशिक सत्य ही है... नानक काबा जाने से पहले ही प्रसिद्ध हो गये थे; कबीर कभी बनारस से बाहर नहीं गये लेकिन दुनिया भर में कबीरपंथी फैले हैं; इन्होंने भी तो देशी भाषा में ही अपनी बात कही न।”

इस तर्क के आगे शुभ और सत्येंद्र को कुछ भी कहते नहीं बना। उन्होंने महसूस किया कि प्रार्थना की खोज के लिए पहला चरण तो कबीर से शुरू करना था और वे कबीर चौरा की ओर चल पड़े।

"झीनी झीनी बीनी चदरिया,

दास कबीर जतन से ओढ़ी ज्यों की त्यों धर दीनी चदरिया।"

कबीर चौरा में गिरिजा देवी कबीर भजन गा रही हैं। लोग मंत्रमुग्ध होकर सुन रहे हैं। ऐसा लग रहा है कि पाँच सौ साल पुराने समय में आ गये हों। बिलकुल ऐसे ही कबीर भी साधुओं की संगत में अपनी बात रखते होंगे।

जब तीनों ने गिरिजा देवी को भजन गाते देखा तो सोचा कि शास्त्री सर का रिफ़्रेंस यहाँ इस्तेमाल किया जा सकता है। लेकिन जब भजन समाप्त हुआ तो गिरिजा देवी को श्रोताओं ने घेर लिया।

शुभ- "मैंने तो पहले ही बताया था सेलिब्रेटी लोगों से मिलना बहुत मुश्किल होता है और उनका समय भी बहुत अमूल्य होता है... हो सकता है वे मिलने का समय दे दें लेकिन उनका समय हमें ख़राब नहीं करना चाहिए।"

सत्येंद्र – "ठीक बात है यार मेरी भी हिम्मत नहीं पड़ रही।"

श्याम- "अब मेरे रिसर्च का टॉपिक आया तो तुम लोगों की हिम्मत टूट गयी; खैर मैं तो गाँव का हूँ कजरी सुनते-सुनते ही बड़ा हुआ हूँ, इसमें तो मैं रिसर्च पेपर तो क्या, पूरा महाकाव्य ही लिख दूँगा।"

शुभ ने मुस्कुराते हुए कहा, "उस महाकाव्य को मैं नहीं पढ़ूँगा।"

* * *

कजरा बनारस वाला...

जिस दिन प्रोग्राम होना था, मनु ने पहले दिन सबको चलने के लिये कहा। सब लोग मान गये, बस रामाश्रय बाबू को तैयार करना था।

देर शाम जब वो घर पहुँचे तो मनु ने इसकी सूचना उन्हें दी और पूछा कि आप कितने बजे आओगे। रामाश्रय बाबू ने कहा, "समय पर ही आऊँगा, घण्टे भर पहले टिकट बेचने तो नहीं जाऊँगा।" हैरत भरी निगाहों से उन्होंने मनु को देखा।

मनु को उम्मीद नहीं थी कि पापा हाँ कहेंगे। वे ऐसे आयोजनों को समय की बरबादी कहते हैं। फिर भी सुखद आश्चर्य से भरी मनु, माँ के पास पहुँची और बताया कि पापा भी आएँगे। माँ ने ख़ुशी जतायी और कहा कि बेटी परफ़ॉर्म करेगी तो पापा क्यों नहीं आएँगे।

पास ही खड़ी तनु ने कहा, "अगर नहीं बोलते, फिर भी आते सूर्यवंशम फ़िल्म की तरह... उसमें हीरा ठाकुर के अस्पताल के उद्घाटन के समय सभी लोग पहुँचते हैं न और सब एक-दूसरे से छिपते रहते हैं।"

मनु- "मुझे अच्छा तो लगेगा लेकिन पापा को स्टेज से आख़िर में

देखूँगी, नहीं तो डायलॉग बोलने में शरमा जाऊँगी।''

तनु- ''कभी-कभी तो लगता है कि हमारे पापा भी ठाकुर भानुप्रताप सिंह की तरह हैं और मलय भैया हीरा ठाकुर।''

मनु- ''अच्छा तो है, मलय भैया को शादी के लिये कलेक्टर लड़की मिल जाएगी; सभी लोग बोलेंगे कि देखो रामाश्रय बाबू की बहू कितनी संस्कारी है; कुर्सी पर बैठकर कलेक्टर का फ़र्ज़ और पाँव छूकर बहू का धर्म दोनों साथ-साथ निभा रही है।''

तनु- ''मलय भैया को तो उधर सामान ढोना पड़ेगा न हीरा ठाकुर की तरह... ये सब छोड़ो ये बताओ उत्तरा कौन-सी साड़ी पहनेगी?''

मनु- ''मम्मी की बनारसी साड़ी।''

तनु- ''फिर बनारस वाला कजरा भी लगा लेना।''

मनु- ''ताकि तुम लोग हूटिंग कर पाओ कजरा बनारस वाला आँखों में कैसा डाला।''

तनु- ''अब तुम कौन-सा डिस्को डांस कर रही हो जिसमें हम लोग हूट करें; अंधायुग देखने हम जैसे डिस्को डांस के दर्शक तो आएँगे नहीं, मैंने तो इसका नाम भी नहीं सुना था: वैसे तुम्हें तो गाने में भाग लेना था, ये तो गांगुली के फ़ुटबाल खेलने जैसा मामला हो गया।''

मनु- ''जो मिल गया उसी को मुक़द्दर समझ लिया।''

* * *

प्रोग्राम शाम को सात बजे से था। मनु ने मम्मी की साड़ी पहन ली और मलय को युनिवर्सिटी तक छोड़ने को कहा।

मलय ने कहा, ''तुम तो साड़ी में एकदम बड़ी लग रही हो, अब तुम्हारी शादी करनी पड़ेगी।''

मनु ने कहा, ''आपको अपनी शादी की चिंता हुई जा रही है; मैं सीधे पापा को कह दूँगी कि भैया की शादी कर दो, आप इस तरह क्यों परेशान

कर रहे हैं।''

मलय ने कहा, ''ठीक है ऐसा है तो बहुत अच्छा होगा, हीरा ठाकुर को पत्नी मिल जाएगी।''

मनु ने उत्सुकता से पूछा, ''यह बात किसने बतायी?''

''अंतरयामी को सब पता चल जाता है।'' यह कहते हुए मलय ने अपने स्कूटर में किक मारी, फिर कहा, ''बनारस की गलियाँ इतना माद्दा रखती हैं कि आपको नारायण कार्तिकेयन के पायदान से एक नीचे पायदान पर ज़रूर खड़ा कर दें और अगर आप बचपन से बाइक चलाने का शौक़ रखते हैं तो यहाँ रहकर कोई भी फ़ार्मूला ड्राइव प्रतियोगिता जीत सकते हैं।''

नाटक नियत समय पर हुआ और पूरी टीम की प्रस्तुति शानदार रही। देर तक दर्शकों की तालियाँ बजती रहीं।

वापसी में मनु को भी साथ में जाना था और इसमें थोड़ी देर थी। मलय सभी को कैण्टीन लेकर गया। अपनी बात रखते हुए उसने कहा कि मनु की एक्टिंग बेहतरीन है, वो इतनी अच्छी कलाकार होगी हम लोगों को पता ही नहीं था।

गुंजन ने भी कहा, ''ऐसा लग रहा था कि जीटीवी का द्रौपदी सीरियल देख रही हूँ।'' फिर सभी ने इस बहती गंगा में हाथ धोने के लिये अलग-अलग तरीक़े से तारीफ़ की।

अंत में रामाश्रय बाबू ने कहा, ''वो तो सब ठीक है लेकिन तुम लोगों को कुछ पल्ले भी पड़ा या नहीं... सभी लोग तारीफ़ कर रहे हो, मालूम है धर्मवीर भारती ने क्यों लिखी अंधायुग; इस नाटक के माध्यम से वे शीतयुद्ध के बाद होने वाले हालात की कल्पना कर रहे थे। अमेरिका-रूस उस दौर में कुत्ते-बिल्ली की तरह लड़ रहे थे और दोनों के टकराने का अंजाम सबको पता था।''

फिर मनु आ गयी और अपने पिता से कहा, ''सबसे ज़्यादा ख़ुशी

आपके आने से हुई।''

घर लौटने पर रामाश्रय बाबू ने अपनी पत्नी से कहा, ''तुम्हें लगता होगा न मैं बहुत कठोर हूँ।''

सुमति- ''ऐसा क्यों बोलते हैं, आज तो आप गये और आपके जाने से सब लोग बहुत ख़ुश हुए।''

रामाश्रय बाबू- ''लेकिन इसका कोई फ़ायदा नहीं है; ये दुनिया बड़ी बेरहम है, ये गीत-संगीत गाना-बजाना कुछ भी काम आने वाला नहीं है। क्या करता, अभी नहीं जाता तो बहुत दुःखी हो जाती, लेकिन ये सब मुझे अच्छा नहीं लगता; जीवन के प्रति गम्भीरता होनी चाहिए।''

सुमति- ''पढ़ तो रही है।''

रामाश्रय बाबू- ''कितने सारे बच्चे सीख रहे हैं म्यूजिक और मुझको तो सबकी आवाज अच्छी लगती है। ठाकुर साहब के लड़के की शादी में गये थे न उस दिन... शादी में उन्होंने आर्केस्ट्रा पार्टी बुलायी थी, कुछ लड़कियाँ वहाँ भी गा रही थीं, उन्हें कौन पहचानता है। मुझे तो खाने में भी ध्यान नहीं था। बार-बार उस लड़की को देखता था। कितना मीठा गा रही थी लेकिन इतना परिश्रम करने पर भी ठाकुर साहब जैसे क्लाइंट कितना पैसा दे पाते होंगे।''

सुमति- ''ठीक है, मनु की नैया भी ऊपर वाला पार लगाएगा।''

रामाश्रय बाबू- ''ये रवैया ठीक नहीं है, अब गम्भीरता से ध्यान दो। पढ़ाई समाप्त होने को है, मुझे पूरी आशंका है कि मलय उसका ब्रेनवाश ज़रूर करेगा और पूरी तरह उसका ध्यान गीत-संगीत में भटका देगा। अभी से घर के काम में उसका मन लगाओ और शादी के सपने दिखाओ; हर लड़की का सपना होता है अच्छा लड़का मिले, घर बस जाए... जब यह सपना मन में बस जाता है फिर सारे फ़ितूर दिमाग़ से हट जाते हैं।''

सुमति- ''मुझे मनु के लिए कोई चिंता नहीं है, इतनी अच्छी लड़की है उसे अच्छा लड़का ज़रूर मिल जाएगा; कल को ससुराल चली जाएगी तो

बंधन में आ जाएगी, अभी कुछ समय है कर लेने दीजिए मन का।''

रामाश्रय बाबू- ''समय का मोल तुम नहीं समझती; अभी जितने अच्छे लड़के हैं दो-चार साल में छँट जाएँगे। मैंने देखा है लोग ख़ूब लड़का खोजते हैं और लड़की की उम्र निकल जाती है, फिर समझौता करना पड़ता है; इधर-उधर ध्यान भटकाएगी तो कुछ नहीं मिलेगा... फिर एक्टिंग वग़ैरह, इसमें कोई दोष नहीं, लेकिन पुरानी सोच वाले इसे ख़राब मानते हैं इसी वजह से ही कई अच्छे लड़के हाथ से निकल जाएँगे, उसको समझाओ।''

सुमति- ''अब यही नाटक तो था, हो गया; ख़ुश हो गयी; आप चले भी गये, अच्छा किया, आप कुछ कहेंगे तो ज़रूर मानेगी।''

रामाश्रय बाबू- ''तुम उसकी माँ हो, सबसे ज़्यादा तुम्हीं उसकी क़रीबी हो; पिता का शादी-ब्याह के मामले में सीधे बात करना अच्छा नहीं लगता... धीरे-धीरे उसको समझाओ, कहो- पापा की इच्छा से पढ़ाई तो नहीं की, कम से कम शादी-ब्याह के लिए सहयोग दे ताकि गंगा नहा सकूँ।''

सुमति- ''इतनी चिंता न करो, मैं सँभाल लूँगी।''

* * *

मैं पल दो पल का शायर हूँ...

शास्त्री सर की क्लास के दौरान एक प्यून आया। उसने एक ज़रूरी नोटिस सुनायी। अंधायुग नाटक के पात्रों को साहित्य अकादमी दिल्ली का टूर कराया जाएगा, वे यहाँ भारतीय नाटकों पर आयोजित कार्यशाला में हिस्सा ले सकेंगे।

क्लास के बाद मनु ने सुमन से कहा, "मेहनत तुम लोगों ने की और फ़ायदा हम लोग भी उठाएँगे, दिल्ली टूर की बधाई!"

मनु ने कहा, "सुरभि सीरियल में मैं जवाब भेजती थी ताकि तीन दिन और दो रात केरल या अण्डमान में गुज़ारूँ; कार्यक्रम से ज्यादा उत्सुकता जवाबों की होती थी लेकिन कभी मौक़ा नहीं मिला, आज बिना मेहनत के फ्री में घूमने का मौका मिल गया।" मनु ने घर में इसकी जानकारी दी। रामाश्रय बाबू ने फिर बेमन से दिल्ली जाने की इजाज़त दी।

युनिवर्सिटी प्रशासन ने कलाकार छात्रों की बुकिंग नीलांचल एक्सप्रेस में करायी थी। शुभ थोड़ी देर से स्टेशन पहुँचा। गाड़ी पहुँच चुकी थी। मलय, मनु का सामान गाड़ी में रख चुका था। मलय ने शुभ से मनु का

और ख़ुद का भी ध्यान रखने की हिदायत दी। नीलांचल की बोगी में महाभारत काल के सारे नायक और नायिका मौजूद थे।

श्रीकांत और शुभ को एक-दूसरे की मौजूदगी में असहज अनुभव हो रहा था लेकिन वे हैरान भी थे कि विधाता हर मोड़ पर उन्हें क्यों एक ही रास्ता दिखा देता है।

सुमन ने कहा, ''आज हमारे बीच बीएचयू के बड़े फ़नकार श्रीकांत और मनु मौजूद हैं तो गाने का सेशन होना ही चाहिए।''

मनु ने कहा, ''हम लोग अकेले नहीं गाएँगे, तुम लोगों को भी हिस्सा लेना पड़ेगा... एक शब्द देंगे जिसमें गाना गाना पड़ेगा फिर गाने के गायक का और म्यूज़िशियन का नाम भी हम लोग लिखेंगे, इससे हमें आख़िर में पता लगेगा कि हमारी तबीयत किस गीतकार और संगीतकार के क़रीब है।''

दो घण्टों तक गानों का मज़ेदार दौर चला। नतीजे आये- श्रीकांत ने सबसे ज़्यादा साहिर के गीत गुनगुनाये, अधिकतर में संगीत एसडी बर्मन का था। शुभ ने शैलेंद्र के गीत गाये और संगीत स्वाभाविक रूप से शंकर-जयकिशन का था। सुमन और मनु दोनों के हिस्से में गुलज़ार आये और म्यूज़िशियन में आरडी बर्मन।

शुभ- ''कितना आश्चर्य होता है न, बॉलीवुड में एक भी महिला गीतकार नहीं है।''

सुमन- ''हाँ, इस ओर किसी का ध्यान नहीं गया; म्यूज़िशियन भी तो कोई नहीं है; आपको तो शैलेंद्र सबसे अच्छे लगते हैं न।''

शुभ- ''मुझे तो सभी अच्छे लगते हैं... हाँ लेकिन शैलेंद्र ने अपने आगे आने वाली पीढ़ियों को बहुत इंस्पायर किया। गुलज़ार ने जैसे गाने लिखे हैं उस पर शैलेंद्र का बहुत प्रभाव है; मुझे तो ये लगता है कि उसी समय साहिर भी लिख रहे थे और साहिर का बड़ा प्रभाव जावेद अख़्तर पर पड़ा यद्यपि मजाज़ का प्रभाव भी जावेद अख़्तर पर आया है।''

श्रीकांत- ''शुभ ठीक कह रहा है, साहिर में जो आक्रोश है वो जावेद अख़्तर की क़लम में दिखता है... साथ-साथ फ़िल्म का वो गीत सुनो, *प्यार मुझसे जो किया तुमने तो क्या पाओगी*; ये कभी-कभी फ़िल्म के लिए लिखे गये साहिर के उस गीत के आगे का भाव है। *मैं पल दो पल का शायर हूँ... कल और आएँगे नग़मों की खिलती कलियाँ चुनने वाले, मुझसे बेहतर कहने वाले तुमसे बेहतर सुनने वाले।''*

शुभ को यह अच्छा लगा कि श्रीकांत ने व्यक्तिगत कटुता को ताक पर रखते हुए उसके विचारों के साथ हामी भरी।

सुमन- ''जावेद अख़्तर का लिखा वो गीत भी मुझे बेहद पसंद है- *तुमको देखा तो ये ख़याल आया, ज़िंदगी धूप तुम घना साया।* कोई शायर इतनी ख़ूबसूरती से अपनी बात कैसे कह सकता है मैं अक्सर सोचती हूँ।''

मनु- ''अगर मैं डायरेक्टर होती तो इसे तुम पर फ़िल्माती।''

सुमन ने मुस्कुराते हुए कहा - ''शुक्रिया! *तुम चली जाओगी तो सोचूँगी, मैंने क्या खोया, मैंने क्या पाया।''*

मनु- ''इसे गुलज़ार लिखते तो कैसे लिखते?''

सुमन- ''मुश्किल सवाल है, लेकिन चूँकि महिलाएँ गीतकार नहीं होतीं इसलिए मैं इसका जवाब नहीं दूँगी, यह प्रश्न पुरुषों की ओर ट्रांसफ़र किया जा रहा है।''

शुभ- ''इस तरह का तो साहिर ही लिख पाते, गुलज़ार तो शैलेंद्र की परम्परा के हैं न।''

मनु- ''हाँ मधुमति के गाने सुनिए, *ज़ुल्मी सँग आँख लड़ी।* कैसा विरोधाभासी तथ्य है। इसी तरह गुलज़ार के यहाँ *मोरा गोरा अंग लइले, मोहे श्याम रंग दइ दे।* शैलेंद्र की यह ख़ूबसूरती है कि कोई गाँव का हो या शहर का हो, सबके दिल को छू जाते हैं। सुनिए कितना अच्छा लिखते हैं कि *मैं नदिया फिर भी मैं प्यासी, भेद ये गहरा बात ज़रा-सी।*

शुभ- ''तीसरी क़सम में तो उन्होंने क़हर ढा दिया है। *सजनवा बैरी हो*

गये हमार, चिठिया हो तो हर कोई बाँटे, भाग न बाँटे कोई। कोई रात की तन्हाई में इसे सुने तो आँसुओं से सराबोर हो जाएगा। *सूनी सेज, गोद मेरी सूनी, मरम न जाने कोई...* कितनी गहराई है।''

श्रीकांत- ''और एक लड़की के दर्द को बयाँ किया है जिसका पति उसे छोड़कर चला गया है; एक पुरुष के लिए तो यह भोगा हुआ यथार्थ भी नहीं है फिर भी उसे इतनी सुंदरता से बयान किया है।''

मनु- ''लेकिन आरडी का दौर जब आता है तो गुलज़ार अलग तरह के गीत लिखते हैं; बिलकुल नयी परम्परा शुरू करते हैं जिसमें लय नहीं है। यह ऐसे गीत थे जिनके बारे में उस दौर में सोचना भी मुश्किल था और इसलिए ही शायद उस दौर के कुछ बड़े गीतकारों ने गुलज़ार पर कविता की लय को तोड़ने का आरोप लगाया था।''

सुमन- ''हाँ, *'मोरा गोरा अंग लइ ले'* सुनो और उसके बाद *'मेरा कुछ सामान तुम्हारे पास रखा है।'* ज़मीन-आसमान का अंतर है।''

श्रीकांत- ''मेरा कुछ सामान... जब गुलज़ार ने लिखा और आरडी को दिखाया तो उन्होंने कहा कि मुझे लगता है कि अगली बार तुम टाइम्स ऑफ़ इण्डिया के एडिटोरियल का कॉलम धुन बनाने ले आओगे।''

मनु- ''गुलज़ार तो सुख की पूरी महफ़िल सजा देते हैं... अभी साथिया के गाने सुने हैं क्या, एक गाना आया है *'चुपके से रात की चादर तले'*, उसमें अंतरा है कि *'फ़रवरी की सर्दियों की धूप में, मुँदी-मुँदी अँखियों से देखना, हाथ की आड़ से, नीम्मी नीम्मी ठण्ड और आग में हौले हौले मारवा की राग में, मीर की बात हो।'*

सुमन- ''बहुत अच्छा है और साथिया का एक और गाना *'ओ हमदम सुनियो रे... रात को खिड़की पे चोरी-चोरी नंगे पाँव चाँद आएगा।'* चाँद एक शरारती लड़के की तरह है जो खिड़की पर चोरी-छिपे आ जाता है और यहीं उसकी शरारत नहीं रुकती, वो सीटी भी बजाता है... संस्कृत कवि टाइम मशीन लेकर इस समय पहुँच जाएँ और गुलज़ार की कविता को सुनें तो हैरान रह जाएँगे और दुःखी भी हो जाएँगे कि उन्होंने इस जेनरेशन में

जन्म क्यों नहीं लिया।''

मनु- ''श्रीकांत तुम कह रहे थे न लड़कियों ने बॉलीवुड में गीत क्यों नहीं लिखे; लड़कियों को तो पुरुषों ने करवाचौथ का चाँद ही देखने में लगा दिया, बेचारी अभागी लड़कियाँ कभी चाँदनी रातों का लुत्फ़ नहीं ले पायी।''

शुभ- ''मनु हमारी चर्चा को तुम फ़ेमिनिस्ट एजेण्डे की ओर लेकर जा रही हो; इतनी अच्छी बात हो रही है तुम क्यों लड़कियों का दुखड़ा लेकर बैठ रही हो।''

सुमन ने कहा- ''अब भूख लग रही है, बातें बाद में कर लेंगे।''

शुभ और श्रीकांत को उम्मीद थी कि पराठा-सब्ज़ी खाने को मिलेगा, लेकिन लड़कियाँ अपने साथ पूरा दस्तरख्वान लेकर चलती हैं। उनके खाने के प्लेट कई तरह के व्यंजनों से सज गये। शुभ ने सोचा- लड़कियाँ इतने छोटे सफ़र के लिये इतना सारा इंतज़ाम करती हैं लेकिन शायद ही ज़िंदगी भर के सफ़र के लिये कोई मुकम्मल तैयारी करती हों।

* * *

बल्लीमाराँ से दरीबे तलक,
तेरी मेरी कहानी दिल्ली में...

साहित्य अकादमी ने बीएचयू से आयी टीम को जेएनयू के एक हॉस्टल में ठहराया। संयोग अभी शुभ और श्रीकांत का पीछा कर ही रहा है। दोनों को ठहरने के लिये एक ही कमरा मुकर्रर किया गया है।

देर तक कमरे में सन्नाटा छाया रहा, फिर शुभ ने कहा, "मैंने तुम्हें नहीं बताया था श्रीकांत, मैं मनु को पहले ही जानता था; सारी ग़लतफ़हमियाँ वहीं से पैदा हुईं।"

श्रीकांत ने कहा, "कोई बात नहीं शुभ, फिर भी इन दिनों मेरे मन में बहुत-सी कटुता घुल गयी है इसे निकलने में वक्त लगेगा, रिश्तों के घाव जल्दी नहीं भरते।"

फिर शुभ ने कुछ नहीं कहा लेकिन लगा कि दिल में दबा बोझ हट गया। श्रीकांत के मन में शुभ के मनु को पहले से जानने के सम्बन्ध में सैकड़ों प्रश्न उठने लगे लेकिन उसने अपने मन को कड़ा किया और शुभ से कोई बात नहीं की।

उधर सुमन और मनु को भी एक ही कमरे में ठहराया गया। साहित्य

अकादमी के सेशन छोटे-छोटे थे और शाम को ढेर सारा वक्त था कि दिल्ली घूम लिया जाए।

मनु ने सुमन से पूछा, "दिल्ली घूमने को लेकर तुम्हारा क्या प्लान है?"

सुमन ने बताया, "दिल्ली तो आती-जाती रहती हूँ... सब देखा-सुना हुआ है, रिश्तेदार भी यहीं रहते हैं उनसे भी मिलना है, साथ ही चलेंगे।"

मनु ने कहा, "नहीं मैं तुम्हें तंग नहीं करूँगी; देखती हूँ कुछ अच्छा प्रोग्राम नहीं जमा तो हॉस्टल में ही रह जाऊँगी।"

* * *

एकेडमी की वर्कशाप के बाद चारों फिर कैण्टीन में बैठे। शुभ ने सभी से दिल्ली-भ्रमण का प्रोग्राम पूछा।

श्रीकांत ने कहा, "मैं तो एनएसडी के प्रोफ़ेसरों से मिलूँगा, मुझे ड्रामा में अपना करियर बनाना है तो यह काफ़ी उपयोगी होगा। कुछ पते लिये हैं मैंने सरकार सर से, आज से वही काम करना है।"

सुमन ने कहा "मुझे मौसी ने बुलाया है।"

अब केवल मनु और शुभ बच गये।

शुभ ने मनु से कहा, "अब या तो मैं इब्नबतूता की तरह अकेला घूमने निकल जाऊँ या तुम भी साथ चलो।"

मनु ने कहा "लेकिन जाएँगे कहाँ?"

शुभ ने कहा, "लाल क़िले, पुराने क़िले, कुतुबमीनार और क्या।"

मनु ने कहा "राजधानी आयी हूँ तो ये सब नहीं देखना है, यहाँ का बाज़ार देखना है। पालिका बाजार चल सकते हैं, सरोजनी चल सकते हैं... गीता बता रही थी साउथ एक्स में बहुत अच्छे कपड़े मिलते हैं।"

मुस्कुराते हुए शुभ ने कहा, "अच्छा हुआ इब्नबतूता अकेले ही

निकल गया, यदि किसी दोस्त को लेकर निकला होता तो दिल्ली के बाज़ार के वर्णन के अलावा कुछ भी नहीं लिखा होता उसने।''

गुस्सा दिखाते हुए मनु ने कहा, ''फिर मैं अकेले ही चली जाऊँगी।''

शुभ ने कहा, ''ख़रीदी का बीस फ़ीसदी मेरे लिए होगा तो जा सकता हूँ।''

मनु ने कहा, ''ज़रूर; मैं दस प्रतिशत डिस्काउण्ट भी दे दूँगी।''

फिर वे दिल्ली भ्रमण के लिये निकल गये।

बस में शुभ ने मनु से पूछा, ''तुम्हें पापा ने आने दिया?''

मनु- ''हाँ पता नहीं वे क्यों थोड़े सॉफ़्ट हो गए हैं, उस दिन फ़ंक्शन में भी आये थे।''

शुभ- ''यहाँ से पापा के लिए अच्छा-सा पैजामा-कुर्ता ले जाना, वे ख़ुश हो जाएँगे और आगे की राह भी खुल जाएगी।''

मनु- ''वो रिश्वत पसंद नहीं करते।''

शुभ- ''ये तो बेटी का प्यार है।''

मनु- ''क्या पता... उन्हें पढ़ना बहुत कठिन है।''

शुभ- ''तुम्हारा नाम किसने रखा, मम्मी ने या पापा ने?''

मनु- ''दोनों ही ग़लत विकल्प हैं; मेरा नाम दादाजी ने रखा है... वो सुबह की धूप दिखाने मुझे पेशवा घाट ले जाते थे। दादा जी की रौबदार मूँछें थीं; उन्हें देखकर लोग कहते तुम तो बिलकुल श्रीमंत लग रहे हो और बिटिया ऐसे लग रही है जैसे मनु को श्रीमंत ने अपनी गोद में ले लिया हो। मेरे दादा भावविह्वल हो जाते। उन्हें लगता कि ये संयोग से कहीं बढ़कर है कि वे उसी जगह में अपनी पोती को लेकर घूम रहे हैं जहाँ पहली बार मोरोपंत ने मनु को श्रीमंत पेशवा से मिलाया था। दादा जी घर आये और पापा से कहा- तुम्हारी बिटिया का नाम मैंने रख दिया है मनु।''

शुभ- "ओह तो मेरे बग़ल में लक्ष्मीबाई बैठी हैं; मनु क्या तुम भी अपने को लक्ष्मीबाई समझती हो?"

मनु- "नहीं, पापा मोरोपंत की तरह सीधे नहीं हैं, वे बहुत स्ट्रिक्ट हैं; बचपन में जब मारकाट की विद्या की प्रैक्टिस कर ही रही थी तभी उन्होंने मेरा विद्रोह दबा दिया; शस्त्र-विद्या की जगह केवल शास्त्र-विद्या की सीख दी और अंजाम आप देख ही रहे हैं, न शस्त्र में पारंगत हुई, न शास्त्र में; *मेरा जीवन कोरा काग़ज़ कोरा ही रह गया।*" और वो खिलखिलाकर हँसने लगी।"

वे पालिका बाज़ार में उतरे। साड़ियों के बारे में मनु का ज्ञान अद्भुत था। बनारस की किसी लड़की को चकमा देना वैसे भी दिल्ली के सेल्सपर्सन के लिए आसान नहीं था।

शुभ ने महसूस किया कि ये दुनिया भी बड़ी विलक्षण है... हर प्रांत की साड़ियाँ ख़ास तरह की हैं, उनमें की गयी कारीगरी अलग प्रकार की है। कहीं चटख रंग हैं तो कहीं सादे रंग। बाज़ार ने पुरुषों के लिए इस तरह की वैरायटी तैयार नहीं की... या बाज़ार शायद कर भी लेता, लेकिन पुरुष ख़रीदारी में कम ही रुचि लेते हैं और थोड़े ही विकल्पों में संतुष्ट हो जाते हैं इसलिए बाज़ार यहाँ नये प्रयोग भी नहीं करता।

बहुत देर में दो साड़ियाँ मनु को पसंद आयीं, एक अपनी मम्मी के लिए ली और एक चाची के लिए। साड़ियों की लम्बी छँटाई और मोलभाव के बीच शुभ ने महसूस किया कि हर सेल्समैन में सागर की तरह धैर्य होता है, फिर भी आख़िर में जब कोई महिला ख़रीदी का निर्णय कर लेती है तो उसे सुखद आश्चर्य होता होगा कि महिला को साड़ी बेच देने का यह असम्भव टास्क उसने कैसे पूरा कर लिया। जाते वक़्त उन्होंने ऑटो ली, क्योंकि थोड़ी भी देर हो जाती तो हॉस्टल में खाना नहीं मिल पाता। अगला दिन रविवार था।

शुभ ने कहा, "अब मेरी पसंद के बाज़ार चलेंगे; दरियागंज में सण्डे बाज़ार में बहुत-सी अच्छी किताबें काफ़ी सस्ते में मिल जाती हैं।"

सुबह-सुबह वो लोग नाश्ता कर दरियागंज निकले। बस में मनु ने कहा "मुझे यहाँ बहुत अच्छा लग रहा है; सुबह उठती हूँ और खिड़कियाँ खोलती हूँ तो हज़ारों पक्षी आकाश में चहचहाते रहते हैं... इतने सारे पेड़ हैं, यहाँ होती तो रोज़ मॉर्निंग वॉक पर निकलती।"

शुभ- "सुबह-सुबह तो संगीतकार रियाज़ करते हैं न! कौन-सा राग है जो सुबह गाया जाता है?"

मनु- " सुबह के समय राग भैरव गाते हैं; जब छोटी थी तो दादाजी लेकर बाबा विश्वनाथ के पास जाते थे, उनके एक दोस्त मंदिर के पास ही रहते थे, वे रोज सुबह राग भैरव में गीत गाते थे।"

शुभ- "वो कौन-सा राग है जिससे दीये जल उठते हैं और बारिश हो जाती है?"

मनु- "वो तानसेन गाते थे, उसे राग दीपक कहते थे, इससे दीये जल उठते थे; इसी तरह राग मल्हार से बारिश हो जाती थी।"

शुभ- "अभी इसे कौन गाता है?"

मनु- "अब तानसेन के जैसी प्रतिभा किसमें होगी... हम लोगों को शास्त्री सर ने बताया कि जोधपुर के महाराजा ने जब अपना भवन बनवाया तो राग मल्हार का माहौल बनाने के लिये छत की दीवारों पर बादल जैसी आकृतियाँ सजा दीं।

तानसेन के बारे में बताते हैं कि एक बार बादशाह अकबर शिकार खेलने गये, वहाँ उनके अनुचरों ने एक जंगली हाथी को पकड़ लिया; लेकिन हाथी इतना मदमस्त था कि उसे नियंत्रित करना मुश्किल हो रहा था... फिर तानसेन ने राग छेड़ा और हाथी नियंत्रित हो गया।"

शुभ- "पाँच सौ साल बाद भी लोग तानसेन का ज़िक्र करते हैं तो कुछ ख़ास बात तो होगी उनमें; वैसे संगीत में गहरी शांति है, होमी जहाँगीर भाभा के बारे में बताते हैं कि बचपन में वे ख़ूब रोते थे, लेकिन जब भी ग्रामोफोन की आवाज़ सुनाई देने लगती तो चुप हो जाते।"

मनु- "हाँ मैं तो देखती हूँ न कांसर्ट में, कई लोग संगीत में इतनी गहरी रुचि रखते हैं कि कोई राग छिड़ते ही उनके रोएँ खड़े हो जाते हैं, कोई-कोई तो रोने लगते हैं।"

शुभ- "तुम लोग तो हीलर हो।"

मनु- "शुक्रिया! दरियागंज का बाजार आपका स्वागत कर रहा है।"

रविवार को बंद दुकानों के सामने दरियागंज का किताब बाज़ार सजा था। आज लोग यहाँ महँगी घड़ियाँ लेने नहीं आये, परफ़्यूम लेने नहीं आये; वे किताबें लेने आये हैं। जैसा कोई जौहरी अनुभव करे कि सबसे महँगे हीरे-मोती सड़क पर सजे हैं और कौड़ियों के भाव में उपलब्ध हैं, वैसा ही अनुभव किताबों के प्रेमी पाठक को यहाँ होता है।

शुभ और मनु ने देखा- कुछ किताबें फोटोग्राफी की हैं। बहुत सुंदर-सुंदर फोटोग्राफ और काफी महँगी किताबें। जब दुकानदार से रेट पूछा तो भी काफ़ी महँगा लगा। मरा हाथी भी सस्ता थोड़ी न होता है और यह दुकानदार बहुत पारखी लोग हैं, इन्हें मालूम है कि कौन-सी किताब का क्या मोल हो सकता है। शुभ ने सोचा- इतनी सुंदर किताबों को लोग कैसे बेच देते हैं यद्यपि स्वयं उसकी पढ़ी हुई कोई भी किताब घर में नहीं है।

"मनु! पुराने ज़माने में ग़ुलामों के बाज़ार लगाये जाते थे; इन ग़ुलामों के गुणों के बारे में नहीं बताया जाता था, आपको ख़ुद ही बाज़ार में इसे परखना होता था... दरियागंज का बाजार कुछ ऐसा ही है, यहाँ कुछ ऐसी पुस्तकें मिल जाएँगी जो आपको लगेगा कि सचमुच यह आपके लिए ही लिखी गयी थीं।" शुभ ने कहा।

"और आप इनका अहल्या की तरह उद्धार करने प्रभु श्रीराम बनकर दरियागंज पहुँच गये।" मुस्कुराते हुए मनु ने कहा।

शुभ ने जेम्स प्रिंसेप की बनारस पर एक किताब ली। "यह एण्टीक पीस है, प्रिंसेप के बारे में ज़्यादा से ज़्यादा जानना चाहता हूँ। देखो बाज़ार

भी ख़त्म हो गया; दो घण्टे कैसे बीत गये पता ही नहीं चला।'' शुभ ने मनु से कहा।

''अब ग़ालिब की हवेली पर तो नहीं ले जाओगे न!'' मनु ने चिंता का भाव दिखाया।

''नहीं पहले कुछ खा लेंगे, फिर तुम्हारी आज्ञा होगी तो वो काम भी किया जा सकता है।'' शुभ ने हँसते हुए कहा।

''वैसे कल पूरी शाम आपने शॉपिंग करायी, मैं कृतज्ञ हूँ, ग़ालिब क्या मीर की हवेली पर भी जा सकती हूँ।'' - मनु ने मुस्कुराते हुए कहा।

बल्लीमारान जाने के लिये पुरानी दिल्ली की गलियों से गुज़रते हुए मनु ने कहा, ''शायद मैं यहाँ दिल्ली घूमने आयी थी, लेकिन यह बनारस जैसा ही लग रहा है। साँप-सीढ़ी में जैसे साँप काट लेता है न, फिर से वहीं पहुँच जाओ जहाँ शुरू किये थे। लोग पूछेंगे कि क्या-क्या घूमा, कुतुबमीनार, इण्डिया गेट... और मैं कहूँगी कि वहाँ ग़ालिब की हवेली देखकर आयी हूँ।''

शुभ- ''मैंने तो पूरी तरह सरेण्डर कर दिया था, तुम स्वयं अपनी इच्छा से तैयार हो गयी तो मेरा क्या क़सूर है।''

मनु- ''चलो ये भी अच्छा है; इण्डिया गेट दिखाने वाले तो कई मिल जाएँगे, ग़ालिब की हवेली में कोई क्यों आये, यह भी देख लूँगी।''

आख़िर में गली कासिम जान आयी और वहाँ एक इमारत, जहाँ एक पट्टी लिखी थी कि यहाँ मिर्ज़ा ग़ालिब ने अपने अंतिम वर्ष बिताये।

शुभ ने मनु से कहा- यहीं कभी ग़दर के बाद ग़ालिब ने लिखा होगा न *'उग रहा है दरोदीवार से सब्ज़ा ग़ालिब, हम बयाबाँ में हैं और घर में बहार आयी है।''*

मनु- ''इसे तो बड़ा म्यूज़ियम बनाना चाहिए, यहाँ तो दो कमरों में ही ग़ालिब की ज़िंदगानी सिमट गयी है।''

शुभ- "ये बहुत बड़ी हवेली रही होगी, धीरे-धीरे लोग क़ब्ज़ा करते गये होंगे और अब इतनी ही बची है।"

मनु- "फिर इसे देखने कोई क्यों आये?"

शुभ- "हम लोग अपने को विश्वगुरु कहते हैं, लेकिन बड़ी विडम्बना है कि हममें अपनी विरासत को, अपनी धरोहरों को सहेजने की तमीज़ नहीं। विदेशों में लोग अपने प्रिय साहित्यकारों को आँख का नूर बनाकर रखते हैं; टालस्टाय की जन्मभूमि है यास्नाया पोल्याना, रूस में ये तीर्थ की तरह है। टालस्टाय से जुड़ी एक-एक चीज़ सहेजकर रखी गयी है। ब्रिटेन में शेक्सपीयर के घर को म्यूज़ियम की तरह सजाकर रखा है। हमारे यहाँ तुलसीदास का घर सहेजना तो दूर, यह भी इतिहासकारों में विवाद का विषय है कि उनका जन्म सोरो में हुआ या राजापुर में।"

मनु- "जब हमारे यहाँ रामलला की जन्मभूमि का ही मामला कोर्ट में है तो फिर ये सब तो उनसे बहुत छोटे लोग हैं; सचमुच अपनी धरोहरों को सँभालकर रखना चाहिए।"

शुभ- "ग़ालिब अपनी पेंशन के लिए कोलकाता गये थे और रास्ते में कुछ दिनों के लिए बनारस में भी रुके थे; वे वहाँ इतने ख़ुश हुए थे कि उन्होंने बनारस को दुनिया के दिल का नुक़्ता कहा था।"

मनु- "बहुत सुंदर बात है; सच में नुक़्ता लग जाने से शब्द कितने सुंदर हो जाते हैं, जैसे किसी ने शब्दों को छोटा-सा टीका लगा दिया हो और इनकी ख़ूबसूरती कितनी बढ़ गयी।"

शुभ- "और ये भी देखो कि ग़ालिब ने किसी को ख़ुश करने के लिये ये नहीं कहा होगा; आज के समय में मैं दूसरे धर्म पर कोई अच्छी टिप्पणी करूँ तो सेक्यूलर होने का तमग़ा मुझे मिल जाएगा; उस ज़माने में ऐसी कोई बात नहीं थी; ग़ालिब जो देखते और महसूस करते थे, वही लिखते थे, इसलिए ही इतने बड़े शायर बन पाये।"

अगले दिन अकादमी का सेशन समाप्त होने पर महाभारत का पूरा दल वापस बनारस लौट आया।

वहाँ कौन है तेरा, मुसाफ़िर जाएगा कहाँ...

मनु ने लौटने पर माँ और चाची को साड़ी दी और पापा को कुर्ता-पायजामा।

रामाश्रय बाबू ने मनु से पूछा, "दिल्ली में क्या देखा?" मनु ने बताया, "ग़ालिब का घर देखा।"

उन्होंने आश्चर्य से देखा, "ग़ालिब के घर में ऐसा क्या था देखने को; क्या ताजमहल की तरह हीरे-जवाहरात जड़े थे?"

मनु ने कहा, "नहीं, वहाँ तो सब्ज़ा उग रहा था।"

रामाश्रय बाबू ने कहा, "ग़ालिब के घर जाने का विचार ज़रूर शुभ का होगा; वहाँ तो इण्डिया गेट देखते, मुग़ल गार्डन देख लेते, कितना सुंदर है; पुरानी दिल्ली में क्या रखा है।"

कुछ देर में श्यामबिहारी भी घर आये। उन्होंने मनु को कहा, "तुमने मुझसे भेदभाव किया है; बाक़ी सभी के लिए कुछ-कुछ लायी, मुझको छोड़ दिया।"

मनु ने कहा, "आप तो केवल भगवा पहनते हैं, वो तो वहाँ मिला ही नहीं।"

चाचा ने कहा, "तुम बहुत बदमाश हो, अब इसके बदले तुम्हें मेरा काम करना होगा; परसों गुंजन के मामा-मामी आएँगे, तीन दिन रहेंगे... एक दिन छुट्टी ले लेना और उन्हें बनारस के सारे मंदिर और घाट घुमा देना।"

मनु ने कहा, "ज़रूर, लेकिन आपने मुझे सस्ते में छोड़ दिया।"

हॉस्टल आने पर शुभ ने दिन भर आराम किया। देर शाम को किसी ने दरवाज़ा खटखटाया। यह श्रीकांत था। श्रीकांत के आने से शुभ विस्मय से भर गया। उसने श्रीकांत को बैठने कहा।

श्रीकांत ने कहा, "दिल्ली यात्रा बहुत अच्छी रही, तुम लोगों की कम्पनी को मैंने बहुत एन्जॉय किया; वक्त मिलता तो साथ दिल्ली भी घूमता... सबसे बड़ी बात मेरी तुम्हारी ओर से कड़वाहट दूर हो गयी, मैं मनु को पसंद करता हूँ लेकिन इतने दिनों में मैं यह भी समझ सका कि मनु की ओर से मेरे लिए किसी तरह के इमोशन नहीं हैं, न अच्छे न बुरे; एक ख़ूबसूरत ख़याल के रूप में उसे हमेशा याद करूँगा बस इतना ही कहने आया था; उस दिन के लिए ग़ुस्सा अपने मन में मत रखना।"

शुभ ने कहा, "नहीं श्रीकांत, मैं तो अपनी ओर से कही बातों के लिए दुःखी था, अब तुम बड़प्पन दिखाकर आये, इससे ही पता चलता है कि तुम्हारे मन में मेरे लिए द्वेष नहीं है।"

* * *

गुंजन के मामा प्रेम प्रकाश और उनकी पत्नी तीन दिनों के लिए बनारस आये। वे सेवानिवृत्त हैं और अभी दिल्ली में रह रहे हैं। उन्हें साथ घुमाने की ज़िम्मेदारी मनु को सौंपी गयी है। मनु ने दिनभर छुट्टी लेकर उन्हें सैर कराया और बनारस की ढेरों बातें बतायीं, मंदिरों का महात्म्य बताया। वे

लोग बहुत ख़ुश हुए। शाम को वे रामाश्रय बाबू से मिले और कहा, ''आपकी बिटिया बहुत प्यारी है, संस्कारी भी है और बनारस के बारे में कितना जानती है; सारे घाट घुमाये, सबका महात्म्य बताया; हमें अपने छोटे बेटे राजीव के लिए ऐसी ही लड़की की तलाश थी।''

रामाश्रय बाबू की आँखों में चमक आ गयी। बिना विशेष परिश्रम के यदि लड़के वाले स्वयं रिश्ते के लिए आयें तो इससे बड़ी बात क्या होगी। उन्होंने लड़के के बारे में प्रेमप्रकाश बाबू से पूछा।

उन्होंने बताया, ''मेरे बेटे ने दिल्ली आईआईटी से ही सिविल इंजीनियरिंग की पढ़ाई की है, अभी चण्डीगढ़ में काम कर रहा है; तीन महीने बाद उसे अपनी कम्पनी के प्रोजेक्ट के सिलसिले में जापान जाना है। पता नहीं वो प्रोजेक्ट कब तक चले... एक अनजान देश में बच्चे को अकेले भेजना ठीक नहीं; बहू आ जाएगी तो खाना-पीना बराबर रहेगा।''

रामाश्रय बाबू एक पल के लिए सोच में पड़ गये कि कैसे बच्ची को विदेश भेज दें।

प्रेम प्रकाश बाबू ने कहा, ''जापान तो प्रोजेक्ट के सिलसिले में जाना है, हमेशा तो यहीं रहना है; आप चिंता मत कीजिए, नहीं तो हम कौन-सा राजीव को स्थायी रूप से भेज देते; फिर भी आप अपना वक्त ले लीजिए, इस बीच हम लोग भी राजीव से भी पूछ लेंगे।''

शाम को ही उनकी ट्रेन थी। उन्हें विदा करने मनु, मलय और प्रखर स्टेशन पहुँचे। जब ट्रेन छूटने वाली थी तब खिड़की से मामी ने प्रखर से कहा, ''तुम्हारी बहन मुझे बहुत पसंद आयी है, अपने साथ दिल्ली लेकर जाऊँगी हमेशा-हमेशा के लिए।''

मनु उसी तेज़ी से सकपकाकर रह गयी जिस तेजी से ट्रेन स्टेशन से गुज़र गयी। यह अप्रत्याशित था इसलिए इसका विश्लेषण करने में तीनों को वक्त लगा।

आखिर में मलय ने चुप्पी तोड़ी। कहा, ''देख लो, कर ली कुंती की तरह दुर्वासा की सेवा, दे दिया दुर्वासा ने वरदान, अब करती रहो पतिदेव

की सेवा।''

मनु इसके लिए तैयार नहीं थी और मलय की बात ने उसकी पीड़ा और गहरी कर दी। वो कुछ नहीं बोली।

मलय ने फिर कहा, ''लेकिन मैं ऐसा होने नहीं दूँगा, इस बार लड़ लूँगा पापा से... तुम अपनी शर्तों पर ज़िंदगी जियो, तुम इतना अच्छा गाती हो, अपना करियर बनाओ इसमें।''

देर शाम रामाश्रय बाबू ने पत्नी को प्रेमप्रकाश बाबू से हुई चर्चा के सम्बंध में विस्तार से बताया- कहा,''प्रेमप्रकाश बाबू बड़े अच्छे स्वभाव के लगे, बेटा भी आईआईटी से पढ़ा हुआ है बहुत अच्छा होगा। वो लोग ख़ुद रिश्ते के लिए आये हैं। बेटी को बाहर नहीं भेजना चाहता, लेकिन इतने अच्छे रिश्ते को खोने को लेकर डर लगता है।''

पत्नी ने भी उनकी बातों पर हामी जतायी लेकिन कहा, ''एक बार मनु का भी मन टटोल लेते हैं; लड़के की पढ़ाई-लिखाई और मनु की पढ़ाई-लिखाई में बहुत अंतर है... वो कान्वेंट से पढ़ा हुआ है फिर आईआईटी, कहीं मनु को वहाँ एडजस्ट करने में परेशानी न हो।''

रामाश्रय बाबू बोले, ''देखो, सब कुछ अपनी पसंद का नहीं होता और कुछ दैवीय संयोग भी होते हैं। वो लोग यहाँ आये और इस तरह का प्रस्ताव दे दिया। बेटे को मनु से शादी करने में समस्या होगी तो देखने आयेगा ही नहीं; एक बार इसकी चाची से भी अच्छी तरह जान लो।''

थोड़ी देर में श्यामबिहारी और उनकी पत्नी भी रामाश्रय बाबू के कमरे में आ गये। उन्होंने कहा, ''राजीव में कोई बुराई नहीं, वो तो अर्जुन की तरह है, जो लक्ष्य मिल गया पूरी एकाग्रता के साथ उसे पूरा करने में लगा रहता है; अभी उससे पूछ लो कि बनारसी पान में क्या-क्या मिलाते हैं तो बता नहीं पायेगा, उसके बारे में आप निश्चिंत रहो।''

रामाश्रय बाबू ने छोटे भाई से प्रेमप्रकाश बाबू को फोन कर लेने को

कहा।

पत्नी ने कहा, ''एक बार मनु को भी बता देते।''

रामाश्रय बाबू ने कहा, ''कोई लड़की शादी के लिए हाँ थोड़ी न कहेगी, मनु से पूछना ठीक नहीं।''

फोन पर प्रेमप्रकाश बाबू ने लड़के के साथ दो हफ़्ते बाद आने का न्योता दिया।

* * *

सुबह माँ ने मलय से बीती रात के वृत्तान्त के बारे में बताया। मलय का पारा चढ़ गया लेकिन माँ के सामने ग़ुस्सा निकालना उसे उचित नहीं लगा। उसने दुकान में पापा से बात करने का निश्चय किया। दुकान में पापा भी अनमने से थे।

मलय ने कहा, ''मुझे बहुत दुःख पहुँचा... मनु के रिश्ते के लिए आपने प्रेमप्रकाश बाबू से चर्चा की और मुझे बताना भी ज़रूरी नहीं समझा।''

रामाश्रय बाबू पहले से ही उखड़े हुए थे, वे और क्रोधित हो गये और कहा, ''अब घर के फ़ैसले मुझे तुमसे पूछकर लेने होंगे! अभी शादी नहीं हुई तुम्हारी और अपने बाप के साथ तुम ऐसा सुलूक कर रहे हो।''

मलय ने कहा, ''आप घर के मुखिया हैं तो मैं भी मनु का बड़ा भाई हूँ, उसका भविष्य तय करने में मेरी ज़िम्मेदारी भी है, मुझे इससे वंचित क्यों रखा गया!''

रामाश्रय बाबू ने ग़ुस्से में कहा, ''तुम्हें इस बात का दुःख नहीं कि मनु को हम विदेश में क्यों विदा कर रहे हैं, तुम्हें तो इस बात की नाराज़गी है कि तुमसे नहीं पूछा गया... बहुत अफ़सोस की बात है मलय, मैंने इस भाषा की उम्मीद तुमसे नहीं की थी।''

मलय ने कहा, ''दर्शन के प्रोफ़ेसर तो बड़े प्रोग्रेसिव होते हैं, लेकिन

अफ़सोस है कि जीवन भर आप लोगों को ज्ञान देते रहे और कभी उस पर अमल नहीं किया।''

रामाश्रय बाबू ने ग़ुस्से में कहा- ''तुम्हें लगता है कि मैं मनु के साथ अन्याय कर सकता हूँ तो फिर सोचते रहो; कन्यादान की ज़िम्मेदारी पिता की होती है बड़े भाई की नहीं; तुम इसमें मेरा साथ दो तो ठीक, नहीं तो तुम्हारी भी कोई ज़रूरत नहीं... और एक बात, तुम अपनी शादी जहाँ चाहे करो, मेरी ओर से स्वतंत्र हो।''

मलय ने कातर भाव से कहा, ''आप मुझे कभी समझ नहीं पाये।''

दवाखाने से निकलकर मलय ने शुभ को फोन किया- पूरा क़िस्सा सुनाया और कहा, ''तुम घर आओगे तो बहुत अच्छा लगेगा।''

* * *

शुभ फोन आते ही निकल पड़ा। कॉलबेल बजायी।

तनु ने दरवाज़ा खोला- बताया, ''मलय भैया तो आये नहीं हैं, दीदी ऊपर छत पर बैठी हैं।''

शुभ ने कहा, ''नीचे मत बुलाओ, वहीं मिल लेता हूँ।''

सूरज का प्रकाश मद्धिम पड़ने लगा था। आसमान में उड़ रही पतंगें नीचे उतरने लगी थीं और पक्षियों का शोर भी थम रहा था। मनु का चेहरा भी वैसा ही उदास था।

थोड़ी देर तक दोनों शांत रहे फिर मनु ने कहा, ''शाम कितनी अच्छी होती है न, लेकिन कितनी तेज़ी से गुज़र जाती है; जब हम शाम की फ़ुरसत में होते हैं तो नहीं जानते कि एक काली भयावह रात अभी हमें जीनी है।''

''तुम कोई छुईमुई जापानी गुड़िया तो हो नहीं, तुम तो मनु हो, अपना नाम सार्थक करो, अपने प्रिय उद्देश्यों के लिए लड़ो, चाहे तुम्हें अपने अभिभावकों के विरुद्ध भी क्यों न जाना पड़े।''

मनु- ''सब कुछ इतना आसान नहीं होता।''

शुभ- "मुश्किल भी नहीं; कह दो अभी मुझे शादी नहीं करनी है... तुम्हें तो बहुत अच्छे लड़के मिल जाएँगे।"

मनु के चेहरे पर हल्की-सी मुस्कान आयी, कहा- "अब जगजीत को ही सुनना अच्छा लगता है, *हज़ारों ख़्वाहिशें ऐसी कि हर ख़्वाहिश पर दम निकले।*"

शुभ- "मुझे अगर गाना आता तो मैं गाता, *वहाँ कौन है तेरा, मुसाफ़िर जाएगा कहाँ, दम ले ले घड़ी भर ये छैय्याँ पाएगा कहाँ।*"

मनु- "फिर मैं गाती, *मन की किताब से तुम मेरा नाम ही मिटा देना, गुण तो न था कोई भी अवगुन मेरे भुला देना...* मुझे आज की विदा का मर के भी रहता इंतज़ार।"

यह बोलते हुए वो अपने को सँभाल नहीं पायी और तेज़ी से सीढ़ियों से उतर गयी।

उसी समय रामाश्रय बाबू भी घर पहुँच गये और उन्होंने मनु को सिसकते हुए नीचे उतरते देखा। मनु अपने कमरे में चली गयी। थोड़ी देर में उन्होंने शुभ को भी उतरते हुए देखा।

उन्होंने महसूस किया कि या तो मनु अभी शादी नहीं करना चाहती या ये भी हो सकता है कि शुभ को अच्छा दोस्त मानती हो और उससे हर बात साझा करती हो। फिर इस दिशा में उनका यक़ीन पुख़्ता हो गया कि शुभ भी बिलकुल वैसा ही है- दुनियादारी से नासमझ, गीत-संगीत में समय ख़राब करने वाला, भविष्य से बेख़बर, बिलकुल मनु की तरह... तो ऐसी लड़की को राजकुमार भी दे दो, वो शादी करने का निर्णय लेगी गवैये से ही।

उन्हें पंचतंत्र की एक कहानी याद आयी। एक ब्राह्मण गंगाजी में स्नान कर रहा था। जब अर्घ्य देने के लिये उसने हाथ बढ़ाया तो उसके हाथ में एक चुहिया थी जो किसी बाज के पंजे से फिसलकर उसके हाथों में गिर गयी थी। वो उसे घर ले आया। घर में बिल्लियों की नज़र चुहिया पर पड़ी। इससे परेशान होकर उसने ईश्वर से माँगा कि इसे लड़की बना दें। जब लड़की बड़ी हुई तो बहुत अच्छे-अच्छे वर आये लेकिन उसे पसंद आया

चूहा। क्या इस कहानी की नियति का सम्बन्ध उनसे भी हो जाएगा... वे ऐसा होने नहीं देंगे।

शुभ से उन्होंने कहा, "तुमसे एक ख़ुशख़बरी साझा करनी है; मनु को देखने लड़के वाले आने वाले हैं... लड़का आईआईटी से पढ़ा हुआ है और अभी नौकरी के सिलसिले में उसे जापान भी जाना है।"

शुभ- "लोग जापान से काशी आते हैं और यहीं बस जाते हैं और आप मनु को जापान भेज रहे हैं, मुझे ठीक नहीं लग रहा।"

रामाश्रय बाबू- "तुम लड़के की प्रोफ़ाइल से चकित नहीं हुए?"

शुभ- "मैं तो मनु की प्रतिभा से चकित हूँ।"

रामाश्रय बाबू- "मोती दुनिया में हज़ारों हैं, हीरे तो चुनिंदा हैं।"

शुभ- "फिर मोती और हीरे का क्या मैच, रेशम में पैबन्द की तरह लगेगा मोती।"

रामाश्रय बाबू- "तुम तो नये लड़के हो, क्या नहीं चाहते कि कोई लड़की अपनी छोटी-सी परिधि से बाहर निकले और दुनिया देखे। जो लड़की कभी घाटों से बाहर नहीं निकली, अब वो दुनिया देखेगी; आज वो जापान जा रहा है, कल दुनिया के कई शहरों में जाएगा। हर तरफ़ एक सुंदर व्यवस्थित जिंदगी; हमारी तरह नहीं, जिन्होंने एक ही तरह के लोगों के साथ एक ही जगह में रहते हुए ज़िंदगी के सारे बसंत काट दिये... कहना तो यह चाहिए कि यहाँ काशी की गलियाँ इतनी सँकरी हैं कि बसंत यहाँ पहुँच ही नहीं पाया।"

शुभ- "आपकी बिटिया ख़ुश नहीं है।"

रामाश्रय बाबू- "तुमने एक सुभाषित श्लोक पढ़ा होगा- *कन्या वरयते रूपं, माता वित्तं, पिता श्रुतम्, बांधवा कुलमिच्छन्ति, मिष्टान्ने इतरे जनाः।"* विवाह के समय कन्या सुंदर वर चाहती है, माता वरपक्ष की सम्पत्ति देखती है, पिता वर की प्रतिष्ठा देखते हैं और बंधुबांधव कुल। राजीव के फोटोग्राफ मैंने देखे हैं- रूप, धन, प्रतिष्ठा और कुल सबमें सम्पन्न, फिर ऐसे में

स्वीकार नहीं करने का क्या तुक रह जाता है तुम ही बताओ।''

शुभ- ''पर रूप कैसा, जो कन्या की नज़र में हो न कि आपकी नज़र में; धन भी सापेक्ष है और प्रतिष्ठा तो क्षणिक है। कुलीन परिवारों के भी स्याह-पक्ष होते हैं कई बार पैसा और पद समाज में कुलीनता की हैसियत दिलाते हैं, भले ही इन्हें किसी भी तरह से हासिल कर लिया गया हो।''

रामाश्रय बाबू- ''पिता के रूप में मुझे अपनी बेटी के लिए जो सर्वोत्तम निर्णय लेना था वो मैंने लिया है; मुझे यह भी मालूम है कि ईश्वर आपको केवल एक बार अवसर देता है, आपने उसे गँवा दिया तो ज़िंदगी भर पछताते रहते हैं।''

शुभ ने महसूस किया कि वो दीवार के सामने खड़ा है और आगे कुछ भी कहना व्यर्थ है। रामाश्रय बाबू ने खाना खाने का आग्रह किया, लेकिन शुभ ने विनम्रतापूर्वक टाल दिया और वापस हॉस्टल चला आया।

* * *

कॉलेज का एक लड़का था और कॉलेज की एक लड़की...

वर्ष 2017
कनाट प्लेस, दिल्ली
न्यू होराइजन का दफ़्तर

शुभ और सत्येंद्र दोनों ही यहाँ पर हेरीटेज कंज़र्वेशन कंसल्टेंट हैं। दिल्ली की पुरानी हवेलियों के रिनोवेशन के लिये इनकी कम्पनी कार्य करती है। शुभ अपनी फाइलों में लगा हुआ था, तभी सत्येंद्र उसके कमरे में आया और मुस्कुराते हुए कहा, "फ़ेसबुक ने अभी अपने नोटिफ़िकेशन में बताया है कि आज के ही दिन तुम्हारी शहीदी हुई थी, अब मैं इसके लिए शोक संदेश दूँ कि बधाई दूँ?"

शुभ ने कहा, "आज कहीं डिनर पर चलना है बस उसका पेमेण्ट कर देना; आज आफ़िस से थोड़ा जल्दी निकल जाएँगे; घर पर आज के प्रोग्राम के बारे में बताया नहीं है, पहुँचकर सरप्राइज दूँगा।"

रास्ते में शुभ ने एक बुके लिया।

सुमन ने दरवाज़ा खोलते ही पूछा, “आज जल्दी कैसे आ गये!”

शुभ ने कहा, “काम जल्दी हो गया था इसलिए आराम करने के इरादे से आ गया।”

फिर सुमन ने कहा, “इतने थोड़े से फूल देकर तुमने मुझसे छुट्टी पा ली?”

शुभ ने कहा, “नहीं ये तो प्रोमो है, पिक्चर अभी बाक़ी है... आज डिनर एक ख़ास जगह पर रखा है वहाँ एक ख़ास व्यक्ति को भी बुलाया है।”

सुमन ने कहा, “चलो ये अच्छी बात है तुम्हारा हेरिटेज कंज़र्वेशन का काम है, कभी मुझको भूलोगे नहीं।”

शुभ ने पूछा, “मिनी कहाँ गयी है?”

“नीचे खेल रही है।” सुमन ने बताया।

शुभ ने गार्डन रेस्टोरेंट में सीट बुक करा ली थी और वो लोग समय पर पहुँच गये थे। सत्येंद्र अपने परिवार के साथ आधे घण्टे देर से पहुँचा। आते ही अपनी चिरपरिचित शैली में उसने ज़ोर से आवाज़ लगाकर अभिवादन किया और कहा, “हैप्पी एनीवर्सरी एण्ड गॉड ब्लेस द लवली कपल। आवाज़ रेस्टोरेंट के आख़री कोने में बैठे लोगों तक भी पहुँची, लोग भौचक्के देखते रहे।

सुमन ने कहा, “अच्छा लगा भैया आप लोग भी आ गये, कितने दिनों बाद इतनी फ़ुरसत से हम लोग बैठे हैं।”

सत्येंद्र ने कहा, “पहली बार दिल्ली-दर्शन आप लोगों की वजह से ही हो पाया था; मैं इस बात से ज़्यादा ख़ुश नहीं हुआ था कि शुभ की शादी तय हो गयी, बल्कि इस बात से ख़ुश था कि दिल्ली बरात जाना है... कैसा संयोग है अब दिल्ली में ही सेटल्ड हूँ और अब भी शुभ के साथ ही हूँ।”

शारदा ने पूछा, "कैसे तय हुई थी आप लोगों की शादी, लव मैरिज थी या अरेंज?"

सत्येंद्र ने कहा, "संस्कारी लोगों से ऐसा प्रश्न नहीं पूछना चाहिए शारदा।"

सत्येंद्र के ऐसा कहते ही शुभ मुस्कुराने लगा।

सत्येंद्र ने कहा, "इस प्रश्न का उत्तर नरसिंह अवतार की तरह है; यह न तो लव मैरिज थी, न अरेंज मैरिज... न ऐसा कह सकते हैं कि ये एक-दूसरे को नहीं जानते थे, न ही ऐसा कह सकते हैं कि एक-दूसरे को अच्छी तरह जानते थे।"

शारदा ने कहा, "गोल-गोल मत घुमाइए; बताइए, मेरी जिज्ञासा बढ़ गयी है।"

सत्येंद्र ने कहा, "सुमन भी हम लोगों के साथ बीएचयू में ही थी; वहाँ आर्ट एंड ड्रामा सेक्शन की सबसे होशियार लड़की। एक ड्रामे के लिए हमने ज़बरदस्ती शुभ का नाम लिखवा दिया था, उसका नाम फाइनल भी हो गया; वो नाटक था अंधायुग। फिर ये लोग साथ दिल्ली गये, बस इतनी जानपहचान थी; फिर शायद ही कभी इन लोगों की बात हुई हो। बीएचयू से निकलने के बाद हम दोनों चाहते थे कि या तो कहीं पुरातत्ववेत्ता बन जाएँ या कहीं किसी बड़े म्यूज़ियम में एंट्री मिल जाए; ये हो नहीं पाया। पहला बड़ा ब्रेक प्राइवेट सेक्टर में तब मिला जब हुमायूँ के मक़बरे का रिनोवेशन कार्य शुरू हुआ; इसमें कंसल्टिंग का काम कर रही कम्पनी में शुभ को काम मिला, फिर मुझे; इसके बाद या तो इसके मन में शादी का संकल्प जाग गया होगा या घरवालों ने परेशान किया होगा, मुझे नहीं मालूम और लड़की खोजनी शुरू की। आगे का वृत्तान्त मुझे याद नहीं आ रहा है और मैं लाइव कॉमेंट्री की जिम्मेदारी अपने दोस्त शुभ को देता हूँ।"

शुभ ने बताया, "पापा हमेशा बाहर रहे; हम लोग अपनी जड़ों से दूर हो गये। कुछ रिश्तेदार अच्छे थे और उन्होंने कोशिश की, लेकिन डॉक्टरों और इंजीनियरों की प्राथमिकता वाले हमारे समाज में मुझ जैसे लोगों के लिए कहीं बात नहीं बन पा रही थी। फिर पापा ने कहा कि शादी डॉट कॉम

में अपना प्रोफ़ाइल डाल दे। मेरे प्रोफ़ाइल से मैच करती हुई प्रोफ़ाइल दिखने लगी। संयोग से सबसे ऊपर सुमन की प्रोफ़ाइल थी। पापा ने कहा कि यहाँ मैच हो सकता है। उसी समय सुमन डीयू में असिस्टेंट प्रोफ़ेसर हुई थी। मैंने पापा से कहा- ये बहुत प्रतिभाशाली लड़की है, इसके लिए तो बहुत से अच्छे रिश्ते आये होंगे। पापा ने पूछा, तुम सुमन को जानते हो? मैंने कहा हाँ, कभी-कभी बात होती थी। वे बहुत उत्साहित हुए।''

फिर शारदा ने सुमन से पूछा, ''कैसा लगा ये संयोग आपको?''

सुमन ने कहा, ''बहुत अच्छा... मैं टेंशन में रहती थी किससे शादी होगी, इनका रिश्ता आया तो मन शांत हुआ। हम लोगों ने दिल्ली ट्रिप में बहुत अच्छी बातें की थीं। मैंने पापा को बताया कि लड़के को मैं जानती हूँ आप चाहें तो रिश्ते के लिए आगे बढ़ सकते हैं''।

चर्चा के बीच ही सीईओ सर का फोन शुभ के पास आया तो शुभ बाहर चला गया।

सत्येंद्र ने कहा, '' हमारे बीएचयू वाले दिन बहुत अच्छे थे, हम लोगों ने खूब एन्जॉय किया। उन दिनों को बहुत मिस करता हूँ मैं, यह बहुत अच्छा है कि शुभ मेरे साथ है।''

वापस आने पर शुभ ने बताया, ''काशी रिनोवेशन प्रोजेक्ट के लिए कम्पनी ने जो टेण्डर डाला था उसका प्रेजेंटेशन है, सर चाह रहे हैं कि अपनी टीम को मैं लीड करूँ; कुछ दिनों के लिए वाराणसी में ही डेरा डालना होगा।''

सत्येंद्र ने कहा, ''अच्छा तो तुम बनाओगे क्योटो-काशी मॉडल। एनिवर्सरी का इससे बड़ा तोहफ़ा क्या हो सकता है; तुमको बहल सर ने इतनी अहम् ज़िम्मेदारी सौंपी।''

''यार इतना बड़ा काम वहाँ पर होगा, मुझे तो लगता है कि हमारी कम्पनी को यदि किसी तरह की ज़िम्मेदारी मिल भी गयी तो भी हमारे हिस्से में एक फ़ीसदी ही काम आ पाएगा।'' शुभ ने कहा।

* * *

एक पुराना ख़त खोला अनजाने में

"मैं रोज़गार के सिलसिले में कभी-कभी उसके शहर जाता हूँ।
वो नीम तारीक़-सी गली
और उसी के नुक्कड़ में ऊँघता-सा पुराना खम्भा
उसी के नीचे तमाम शब इंतज़ार करके मैं छोड़ आया था शहर उसका
बहुत ही ख़स्ता-सी रोशनी की छड़ी को टेके
वो खम्भा अब भी वहीं खड़ा है।
फ़ितूर है ये मगर मैं खम्भे के पास नज़र बचाकर मोहल्ले वालों की
पूछ लेता हूँ आज भी ये
वो मेरे जाने के बाद भी आयी तो नहीं थी
वो आयी थी क्या?"

वाराणसी के लिए ट्रेन में चढ़ते ही शुभ के ज़ेहन में गुलज़ार की यह पंक्तियाँ घूमने लगीं। बीएचयू में बिताया हुआ पुराना पल फ़्लैशबैक की तरह स्मृतियों में आने लगा। श्याम, सत्येंद्र, मनु, सुमन और श्रीकांत, इनके साथ बिताये हुए कितने सुहाने पल। रामाश्रय बाबू की कान्हो जी आँग्रे की गली भी याद आ गयी। वाराणसी से आने के बाद मनु से किसी

तरह का सम्पर्क ही नहीं रहा। इतने दिनों बाद रामाश्रय बाबू से मिलना होगा, सब कुछ कितना बदल गया होगा।

शुभ ने दशाश्वमेध घाट के पास के होटल में चेक-इन किया। इसी इलाक़े में रहकर सर्वे करने में उसे आसानी होगी। सुबह के स्नान के लिये घाट पहुँचा। घाटों में सफ़ाई की सूरत बेहतर हो गयी थी लेकिन गंगाजी का अविरल प्रवाह कमज़ोर पड़ गया था। अंतिम बार बरसात के दिनों में शुभ दशाश्वमेध घाट आया था, तब गंगाजी तुमुल-वेग से प्रवाहित हो रही थीं। उस समय ऐसा लग रहा था जैसे पूरे उत्साह से अपना आशीर्वाद काशीवासियों को प्रदान कर रही हैं।

वापस होटल आया और फिर सर्वे के कार्य के लिए निकल गया। आज का काम महत्त्वपूर्ण धरोहरों के फोटोग्राफ लेना था और इनके सम्बंध में सुझाव देना था ताकि प्रेजेंटेशन में फोटोग्राफ के साथ सज़ेशन टिप रखी जा सके। शुभ को लगा कि काशी के लिए किसी तरह का प्रोजेक्ट बनाना बड़े धीरज का काम होगा, वैसे ही जैसे पुरातत्ववेत्ता करते हैं- बड़े क़रीने से, जैसे नवजात शावक को शेरनी मुँह में बड़े क़ायदे से लेती है, उसी तरह का काम।

* * *

टोक्यो भारतीय दूतावास

श्याम के पिताजी का सपना पूरा हुआ। श्याम का चयन आईएफएस में हुआ। अफ़गानिस्तान में अच्छी भूमिका निभाने का उसे पुरस्कार मिला और जापान के भारतीय दूतावास में काउंसलर के रूप में उसका प्रमोशन हुआ। श्याम अपने केबिन में बैठा हुआ था, उसी समय एम्बेसडर महोदय ने मिलने बुलाया।

"अभी क्योटो-काशी प्रोटोक़ाल पर काम कहाँ तक पहुँचा है।" एम्बेसडर ने पूछा?

"क्योटो में रिनोवेशन के लिए लगी सभी एजेंसियों से बात हुई है, इनसे प्रेजेण्टेशन मँगवाये गये हैं, जिनका सबसे अच्छा प्रेजेण्टेशन लगेगा,

उन्हें शार्टलिस्ट कर आपकी अनुशंसा के लिए भेजेंगे।'' श्याम ने जवाब दिया।

''यदि किसी एजेंसी में कोई भारतीय भी जुड़ा हो तो बताना हम उन्हें काशी भेजेंगे, स्थानीय लोगों तक अपनी बात समझाने में उससे ज़्यादा सुविधा होगी।'' डिप्टी हाई कमिश्नर ने कहा।

''सर मैं इसे देख लेता हूँ।'' श्याम ने जवाब दिया।

श्याम ने शीट देखी। सारी एजेंसियों को खँगालने के बाद दो भारतीय क्योटो में ऐसे मिले, जिन्हें भारत में भी टाउन प्लानिंग का अनुभव था और अभी जापान में भी ऐसा काम कर रहे हैं। श्याम ने दोनों को एम्बैसी में बुलवा लिया।

अगले दिन जब श्याम अपने केबिन में बैठा था, एक गोरे-चिट्टे भारतीय शख़्स ने केबिन में प्रवेश किया। उसने अपना हाथ अभिवादन के लिए आगे बढ़ाया और बताया, ''मैं राजीव मिश्रा हूँ, क्यूब साल्यूशंस की ओर से अभी क्योटो में काम कर रहा हूँ, बताइए मैं आपकी किस तरह से मदद कर सकता हूँ।''

''दरअसल भारत सरकार को एक ऐसे व्यक्ति की दरकार है जो क्योटो रिनोवेशन मॉडल की उपयोगी बातों के बारे में वाराणसी में लोकल अथॉरिटी को जानकारी दे। यदि कोई जापानी यह कार्य करेगा तो समझने में बड़ी दिक़्क़त आएगी; हम दुभाषिये से भी यह कार्य नहीं करा सकते क्योंकि तकनीकी शब्दों का वो उस तरह से अनुवाद नहीं कर पाएगा।'' ऐसा कहकर श्याम ने पूरा प्रपोजल राजीव के समक्ष रखा। यह एक करार था जिसमें अगले पंद्रह साल तक काशी में रहकर भारत सरकार के लिए काम करना था।

''मुझे इस बारे में अपने परिवार से भी बात करनी पड़ेगी, मैं अकेले निर्णय नहीं ले सकता; वैसे मेरी पत्नी काशी से ही है तो उसे अच्छा ही लगेगा ऐसा मैं सोचता हूँ।'' राजीव ने कहा।

''आप भी काशी से हैं क्या?'' श्याम ने पूछा।

“नहीं, मेरा ससुराल ही है; मेरी पत्नी ने बीएचयू से पढ़ाई की है कोई पंद्रह- सोलह साल पहले।” राजीव ने बताया।

“अच्छा संयोग है; इसी समय मैंने भी बीएचयू में पढ़ाई की... कौन-से विभाग में थीं आपकी पत्नी?” श्याम ने पूछा।

“आर्ट एंड ड्रामा सेक्शन में, मनु नाम है उनका।” राजीव ने बताया।

श्याम अवाक् रह गया। कैसा संयोग है कि वो दुनिया के इतने देशों में घूमा, कहीं कोई परिचित नहीं मिला, आज दुनिया के सबसे आख़री हिस्से इस जापान देश में कोई परिचित परिवार मिल गया।

“मैं उन्हें अच्छी तरह जानता हूँ,उनसे मेरा परिचय मेरे दोस्त शुभ ने कराया था, उन दोनों का परिवार एक-दूसरे से परिचित था।” श्याम ने बताया।

“हाँ वो शुभ के बारे में बताती रहती है।” राजीव ने कहा।

“कॉफ़ी यहीं पीना पसंद करेंगे या पास ही किसी अच्छी जगह पर चलें?” श्याम ने पेशकश की।

“यहीं पिला दीजिए, मुझे अभी लौटना भी होगा; अभी ट्रेन मिल जाएगी तो समय पर पहुँच जाऊँगा।” राजीव ने कहा।

श्याम को लगा कि राजीव को जापानियों ने समय के प्रति पूरा पाबंद कर दिया है। मुलाक़ात के समय लगभग थोड़े अंतराल में वो घड़ी देखता रहा। उसे लगा कि जापानियों ने शायद बुलेट ट्रेन इसीलिए ईजाद कर ली कि वो समय के प्रति इतने पाबंद हैं। अब उसे यहाँ डिप्लोमेसी करनी है तो समय की क़द्र करनी होगी, इस तरह बेतकल्लुफ़ होकर बातचीत करना शायद जापानियों को बुरा लगे।

“बहुत अच्छा लगा, आप मनु को भी बताइएगा मैं मिला था, उसे भी बहुत ख़ुशी होगी।” श्याम ने कहा।

“मैं कुछ दिनों में ही आपको अपने निर्णय के बारे में बता दूँगा।” राजीव ने कहा।

राजीव के जाते ही श्याम ने शुभ को फोन लगाया। पूछा, “बताओ आज मैं किससे मिला?”

शुभ ने आश्चर्य चकित होकर जवाब दिया, “मुझे क्या मालूम?”

श्याम ने फिर से पूछा, “सोच के बताओ।”

शुभ ने उत्तर दिया, “मिला होगा वहाँ के प्रधानमंत्री शिंजो आबे से, जापान में तो मैं एक व्यक्ति का ही नाम जानता हूँ।”

श्याम ने कहा, “वो भी हो सकता है; सौजन्य मुलाक़ात में एम्बेसडर साहब के साथ जाऊँगा तो सम्भव है, लेकिन मैं तो किसी और से ही मिला हूँ।”

“अब पहेलियाँ न बुझा, बता भी दे।”

“मैं आज मनु के पतिदेव राजीव से मिला।”

“अच्छा! विस्तार से बता।” उत्सुकता से भरे हुए शुभ ने कहा।

“राजीव क्योटो में है, क्योटो रिनोवेशन से जुड़े हुए एक प्रोजेक्ट से जुड़ा है; वो जल्दी में था ज़्यादा बात नहीं हो पायी, अभी वो गया है और मैंने तुझे फोन लगाया है।” श्याम ने बताया।

उसकी फोन पर शुभ से बात अभी पूरी भी नहीं हो पायी थी कि एम्बेसडर महोदय ने फिर बुलवा भेजा- कहा, “बाद में बात करता हूँ, अभी काम का प्रेशर बहुत ज़्यादा है।”

* * *

क्योटो- जापान

देर शाम राजीव घर पहुँचा। अपनी टाई निकाली और मनु से कहा, “आज तुम्हारा एक पुराना दोस्त मिल गया था।”

मनु ने आश्चर्य से कहा, “बहुत दिनों बाद तुम मज़ाक़ कर रहे हो, अच्छा लग रहा है।”

"मज़ाक़ नहीं, सच में; कोई मिस्टर श्याम हैं... अभी एम्बैसी में काउंसलर हैं, बता रहे थे तुम्हारे साथ उन्होंने बीएचयू में पढ़ाई की है।" राजीव ने बताया।

"ओह! सच में, मुझसे बात क्यों नहीं करायी।" मनु ने चहकते हुए कहा।

"तुमसे बात कराना बहुत रिस्की होता, बीस मिनट से पहले फोन छोड़ती नहीं, देर करता तो नोजोमी छूट जाती और ढाई घण्टे लेट हो जाता।" राजीव ने थोड़ा रुककर पुनः कहा। "पहले खाना लगा दो, फिर एक ज़रूरी बात करनी है।"

साढ़े दस बज रहे हैं... दोनों लड़कियाँ सो गयी हैं, अभी कौन-सी ऐसी ज़रूरी बात है जिसे खाने के बाद करने वाले हैं, मनु यह सोचकर परेशान होती रही, वहीं श्याम से मुलाक़ात के बारे में सोचकर उसे बहुत अच्छा भी लग रहा था।

खाना खाने के बाद राजीव ने विस्तार से श्याम द्वारा दिये गये प्रपोजल की जानकारी दी। यह भी कहा, "प्रोजेक्ट तो बहुत आकर्षक है, लेकिन बच्चे इस देश के अभ्यस्त हो गये हैं, एकदम नये देश में अलग से वातावरण में उन्हें दिक़्क़त हो सकती है।"

मनु ने कहा, "ये तो विश्वनाथ की महिमा है कि बरसों बाद हमें फिर से अपने देश जाने का मौक़ा मिल रहा है, अपने लोगों के बीच कितना अच्छा लगेगा; बरसों से मैं यहाँ अकेले बोरियत भरी ज़िंदगी बिता रही हूँ।"

राजीव ने कहा, "कुछ दिनों के लिए ये सब अच्छा लगता है। मुकेश भी स्वीडन में था, वापस दिल्ली लौट गया; अब उन्हें अजीब-सा लग रहा है, बिलकुल नयी दुनिया में बसना बहुत कठिन है।"

मनु बोली, "हम लोग भी तो बिलकुल नयी दुनिया में आये थे न।"

राजीव ने ठंडी साँस भरी, "मैं एक बार पापा से भी बात कर लूँगा।"

* * *

इस शहर में हर शख़्स परेशान-सा क्यों है....

काशी-क्योटो प्रोजेक्ट को लेकर स्थानीय अधिकारियों की, एजेंसियों के साथ पहली महत्त्वपूर्ण बैठक हुई। इसमें चुनिंदा जनप्रतिनिधियों को भी शामिल किया गया था। बैठक के एजेण्डा के बारे में चेयरमैन ने जानकारी दी। उन्होंने कहा, "हमारी प्राथमिकता पौराणिक नगरी काशी की गरिमा अक्षुण्ण रखते हुए इसका संवर्धन करना है ताकि हिंदू संस्कृति के इस सर्वोच्च तीर्थ में आने वाले श्रद्धालु, शहर की पौराणिक छवि के दर्शन के साथ ही यह भी महसूस करें कि यह शहर विकास की क़दमताल में दुनिया से पीछे नहीं है और रोम और क्योटो जैसे शहरों की तरह एक साथ प्राचीनता और आधुनिकता का एहसास लिये हुए है।"

इसके बाद तेज़ बहस शुरू हुई। दो तरह के विचार उभरकर आये... एक तबक़ा यह कहता था कि काशी को वैसा ही रखा जाए, इसकी सुंदरता वैसा ही रहने में है। सदियों पुराने घर, संकीर्ण गलियाँ, जिससे आपको महसूस हो कि आप सचमुच एक बहुत पुराने समय में वापस आ गये हों। ये शहर परम्परा का प्रतीक है। सदियों से ऐसा ही रहा है कभी बदला नहीं, ज़रा भी नहीं... बदलाव काशी की मौत है।

दूसरे तबक़े की राय थी कि तेज़ी से बढ़ रही आबादी का दबाव झेल रही काशी में नागरिक जीवन अब बहुत कठिन हो चला है। सीवरेज सिस्टम के सबसे बड़े प्रयोग प्रिंसेप के समय हुए थे, उसके बाद रूटीन काम होता रहा। पूरा शहर बजबजा रहा है। विश्वनाथ गली इतनी सँकरी हो गयी है कि सावन के मौक़े पर तो कई श्रद्धालु घुटन की वजह से नहीं जा पाते। शहर में भीड़ तेजी से बढ़ रही है, कभी भगदड़ की स्थिति हुई तो प्रशासन के लिए इसे नियंत्रित कर पाना आसान नहीं होगा। मंदिर के आसपास नागरिक सुविधाओं के लिए कुछ भी नहीं। मंदिर-दर्शन के बाद सुस्ताने के लिये जगह भी नहीं। ऐसी तो नहीं रही होगी काशी। जब रानी अहिल्याबाई ने विश्वनाथ मंदिर का जीर्णोद्धार किया होगा तो क्या इतनी ही जगह छोड़ दी होगी भोलेनाथ के श्रद्धालुओं के लिए। बैठक दो घण्टे तक चली और चेयरमैन ने इसे अगले दो दिन के लिए टाल दिया।

जब शुभ अपनी चेयर से उठा तो एक शख़्स ने उसके पाँव छुए-कहा, "आपने शायद मुझे पहचाना नहीं, मैं प्रखर हूँ, यहाँ कमिटी में मुझे भी शामिल किया गया है।"

शुभ ने आश्चर्य से कहा, "तुम तो इतना बदल गये; लड़के से आदमी बन गये हो तो मैं कैसे पहचानता।"

प्रखर ने कहा, "आप इतने दिनों के बाद मिले हैं अब मैं देर तक आपको नहीं छोड़ूँगा, चलिए कहीं चाय पीते हैं।" वे एक चाय के ठेले पर पहुँचे, यहाँ भी काशी के भविष्य की दशा और दिशा के बारे में चिंतन चल रहा था।

"शुभ भैया! भारत में दूसरी जगहों पर भले ही फ़ॉग चल रहा हो, यहाँ तो काशी-क्योटो प्रोटोकाल ही चल रहा है।" प्रखर ने कहा।

"लोग क्या सोचते हैं इस बारे में?"

"अधिकतर लोग ख़ुश हैं। न वक्त पर पानी मिलता, न पूरे समय बिजली रहती है; सीवरेज का भट्ठा बैठा है... मवेशी इतने हैं कि बुज़ुर्गों का सड़क पर निकलना मुश्किल हो गया है। जिन लोगों के घर कोर एरिया में हैं वे बेचारे ज़रूर सशंकित हैं कब बरसों से जमा डेरा छोड़ना पड़ जाए,

अतिक्रमण करने वालों की भी साँसें रुकी हुई हैं।''

''लेकिन कोर एरिया का मुख्य हिस्सा हटा दें तो काशी में क्या बच जाएगा, लोग क्या देखने आएँगे; क्या केवल घाट देखकर चले जाएँगे। कौन जाए बनारस की गलियाँ छोड़कर, ऐसी पंक्तियाँ फिर कैसे लिखी जाएँगी।''

''इसीलिए तो सरकार ने आपको बुलावा भेजा है; आप लोग ऐसी युक्ति करेंगे कि साँप भी मर जाएगा और लाठी भी नहीं टूटेगी।''

''हाँ ऐसा ही कुछ मॉडल देना होगा जिससे शहर की सूरत भी कमोबेश वैसी ही बनी रहे और नागरिक सुविधाओं में भी ख़ूब इज़ाफ़ा हो सके।''

''हाँ एक ऐसा मॉडल जो सबको संतुष्ट कर सके; फिर भी यह हमेशा सम्भव नहीं है। काशी का मसला वैसा ही है जैसे पति-पत्नी का मसला। पत्नी, पति से कहती रहती है कि तुम अपने में ये ये बदलाव ला दोगे तो मुझे ज़्यादा अच्छे लगोगे; जब पति ये सारे बदलाव कर देता है तो वो दूसरी तरह से ताना कसती हैं कि तुम अब पहले जैसे नहीं रहे, पूरी तरह बदल गये हो।'' फिर दोनों ख़ूब हँसे।

शुभ ने कहा, ''यह अनुभव घर से मिला क्या।''

''नहीं, मैं तो संतुष्ट हूँ, यह आइटम व्हाट्सएप युनिवर्सिटी से मुझे प्राप्त हुआ है।''

''घर में सब कैसे हैं?''

''आप ये बताइए इतने सालों में एक बार भी क्यों नहीं आये! मनु दीदी भी जब भी आती हैं तो हम लोग पुराना समय याद करते हैं। मैं आपको अपनी गैंग में शामिल करने वाला था, ऐसा होता तो भले ही आप पार्षद नहीं बन पाते, एल्डरमैन तो बन ही जाते।''

''रिटायरमेण्ट के बाद बनवा देना।''

''ज़रूर आप भी कुछ ऐसा जुगत कीजिएगा कि या तो हमारी प्रापर्टी

कोर एरिया से बाहर रहे और यदि ज़द में आ ही गयी तो मुआवज़े का रेट ठीक-ठाक करा दीजिएगा। अगर ऐसा हो जाए कि प्लानिंग हमारे घर के बिलकुल बग़ल से हो तो ये सबसे अच्छा रहेगा, रिनोवेशन प्रोजेक्ट का सबसे ज़्यादा लाभ हमको ही होगा।''

''वैसे मेरी भूमिका बहुत सीमित रहेगी और काशी में कुछ अनर्थ करने के बारे में सोच भी नहीं सकता।''

''अपने दायरे में रहते हुए जो भी आपसे मदद हो जाए कीजिएगा।''

''तुम्हारे बड़े पिताजी कैसे हैं और मलय भैया?''

''अच्छे हैं; जहाँ आयुर्वेदिक शॉप थी, उसे हम लोगों ने अपग्रेड कर लिया, अब वहाँ बड़ा स्टोर है। हम लोगों ने पतंजलि की डीलरशिप ले ली। मलय भैया का लोहा अब बड़े पापा भी मानते हैं... अब घर में सब कहते हैं कि चरक तो घर में ही था, हम लोग बरसों उसकी उपेक्षा करते रहे।''

''अच्छी बात है, मैं मिलने आऊँगा।''

''आप तो हमारे घर में ही रहिए।''

''नहीं मैं आऊँगा न; कुछ लोगों से प्रोजेक्ट के सिलसिले में होटल में ही मिलने का समय दिया है, फ़ुरसत होते ही घर आऊँगा।''

* * *

बरसों बाद रामाश्रय बाबू के घर जाना अजीब लग रहा था। सब कुछ कितना बदल गया होगा न। शुभ ने बेल बजायी।

दरवाज़ा किशन ने खोला, ''भैया आप... कितने बरस बाद आये!'' उसने बैठने कहा और बताया, ''माता जी और भैया तो बाहर गये हैं, बाबू पूजा कर रहे हैं, मैं उन्हें बता देता हूँ।''

शुभ ने कमरे में नज़र दौड़ायी। कुछ भी तो नहीं बदला... बस हारमोनियम वाली तस्वीर के साथ ही दो नयी तस्वीरें लग गयी हैं। पीली साड़ी में मनु की फोटो, हाथ में डिग्री लिये हुए और दूसरी फोटो जापान में

परिवार के साथ मनु की तस्वीर। पीछे बैकग्राउण्ड में फ़्यूजियामा पहाड़ दिख रहा है। पता नहीं फोटोग्राफर इतनी ट्रिकी फोटो कैसे ले लेते हैं। कुछ देर बाद बाबू पूजा कर आये। वैसा ही त्रिपुण्ड लगाये, टी शर्ट और धोती पहने हुए... बस पहले से थोड़े बुज़ुर्ग लग रहे हैं।

"शुभ! मुझे जब से किशन ने तुम्हारे आने के बारे में बताया, मेरा ध्यान पूजा पर था ही नहीं, पुरानी बातों को सोचता रहा।"

"जी अंकल, मुझे भी वो सारी बातें याद आती रहीं।"

"तुम्हें इतने बरसों में एक बार भी हमारी याद नहीं आयी?"

"क्या कहूँ, जिंदगी की उलझनों में ऐसा डूबा रहा... फ़िराक़ साहब ने कहा है न *'एक मुद्दत से तेरी याद भी आयी न हमें, और हम भूल गये हों तुझे ऐसा भी नहीं।'*"

"तुम्हारा शायराना अंदाज़ अब भी क़ायम है; अच्छी बात है, तुमसे बातें करके मुझे बहुत अच्छा लगता था। उस समय मैं मनु के विवाह को लेकर चिंतित रहता था। अपने मन की बात बताऊँ तो मेरे मन में ख़याल आता था कि तुम्हारे लिए मनु का प्रस्ताव तुम्हारे पापा के सामने रखूँ। हाँ, पर हिचक होती थी कि एक तो उस समय तुम्हारे पास किसी तरह की नौकरी नहीं थी और प्रैक्टिकल बात यह थी कि तुम्हारा प्रोफ़ाइल भी कुछ ऐसा नहीं था कि तुम्हें कोई बड़ा एक्सपोजर मिले; फिर ये शायराना अंदाज़ उस समय मुझे बिलकुल पसंद नहीं था।"

"अब कुछ जुदा सोचते हैं?"

"हाँ, मनु की शादी के बाद मैं क्योटो भी गया; वहाँ की ज़िंदगी में बहुत कम्फ़र्ट है; इतनी सुविधा है कि देह को बहुत सुख मिलता है, लेकिन मन की शांति नहीं। वहाँ पर मैंने जाना कि हैप्पीनेस और कम्फ़र्ट में बहुत अंतर है। आप एसी बुलेट ट्रेन में वैसा सुख नहीं हासिल कर सकते जो स्लीपर क्लास में मॉनसून के महीने में ट्रेन की खिड़कियों से आने वाली हवा से मिलता है।"

"आप बहुत बदल गये; अब तो ऐसा लग रहा है कि मैं आपके साथ

मज़ाक़ भी कर सकता हूँ।''

''ज़रूर, मुझे बहुत ख़ुशी होगी।''

''मुझे तो आप अमर-प्रेम मूवी के राजेश खन्ना की तरह लग रहे हैं; आख़री सीन याद है न आपको, आनंद जब डॉक्टर के पास जाता है और कहता है जब से मन को वेल वेंटिलेटेड कर लिया डॉक्टर, तब से बहुत ख़ुश हूँ।''

''पर मेरी ज़िंदगी में ऐसा बदलाव किसी पुष्पा की वजह से नहीं हुआ।'' मुस्कुराते हुए रामाश्रय बाबू ने कहा।

''शुभ! आख़िरी बार जब तुम आये थे तो मैंने एक सुभाषित श्लोक तुमसे कहा था- *कन्या वरयते रूपं, माता वित्तं, पिता श्रुतम्, बांधवा कुलमिच्छन्ति, मिष्ठान्नं इतरे जनाः।* मैं ग़लत था; मैंने प्रतिष्ठा देखी और वो मुझे मिली भी, लेकिन बेमानी रही। ऐसा लगता है कि मैंने मनु की शादी एक जैपनीज रोबोट से कर दी। यह नहीं कि राजीव में कोई दोष है; वो सिस्टम में ऐसा फँसा है कि उसे समय ही नहीं है... काम का इतना प्रेशर है कि आदमी वहाँ मशीन बन गया है।''

''राजीव वहाँ जैपनीज रोबोट होगा तो हम लोग यहाँ इण्डियन रोबोट हैं; कॉर्पोरेट में काम का इतना प्रेशर है और वैसे भी ये सभी तो मल्टीनेशनल कम्पनियाँ हैं, सब जगह वर्क कल्चर एक जैसा है।''

चर्चा के बीच मलय की पत्नी चाय लेकर आयी- वही तुलसी और अदरक वाली चाय। शुभ ने कहा ''कुछ चीज़ें कभी नहीं बदलतीं, जैसे रोज़ सुबह चाय की चुस्की और मेहमान घर पर आये तो चाय।''

इसी बीच रामाश्रय बाबू के फोन पर मनु का कॉल आया। मनु ने बताया, ''उन लोगों ने हमेशा के लिए बनारस वापस आने का निर्णय लिया है।'' रामाश्रय बाबू ने विस्तार से मनु की बात सुनने के बाद बताया, ''देखो कितनी अच्छी ख़बर तुमने सुनायी... आज बरसों बाद शुभ भी मुझसे मिलने आया और हम लोग तुम्हारे बारे में ही बातें कर रहे थे; उन्होंने ये भी कहा कि शुभ अभी कुछ दिनों तक बनारस में ही रहेगा, हो सकता है कि

तुम्हारे आने तक वो रुका रहे... मुझे उससे मिलकर बहुत अच्छा लगा, तुम्हें भी लगेगा।''

इतने में मलय अपनी माता जी के साथ पहुँच गया। मलय ने शुभ को गले लगा लिया। माता जी ने कहा, ''ये तो रामलीला में राम-भरत मिलन जैसा प्रसंग लग रहा है।''

मलय ने नाराज़गी ज़ाहिर करते हुए शुभ से कहा, ''इतना व्यस्त भी कोई होता है क्या; इतने बरस तुम्हें बात करने का भी समय नहीं मिला। शुभ ने कहा, ''अब बस माफ़ कर दो।''

मलय ने उसके बालों को सहला दिया। रात को सबने मिलकर खाना खाया। शुभ को लगा कि पुराना समय फिर वापस आ गया है, कहीं वो सपना तो नहीं देख रहा।

* * *

फिर शुभ अपने प्रोजेक्ट में व्यस्त हो गया। अपने मॉडल में उसने बताया कि कोर एरिया में कम से कम एक गली को बिलकुल अक्षुण्ण रखा जाए, वैसे ही। विश्वनाथ गली में चौड़ीकरण की ज़रूरत है। वहाँ पैसेज बनाया जाए और रोपे जाएँ ख़ूब सारे वट वृक्ष। पुराणों और ऐतिहासिक वृत्तान्त में बनारस के वर्णन के अनुसार और अलबरूनी जैसे विदेशी यात्रियों के वर्णन के अनुसार इस कोर एरिया में उस ज़माने के बनारस का मॉडल दिखाया जाए; यह बताएगा कि बनारस कैसे बदलता गया और फिर भी नहीं बदला। यहाँ वेदपाठी ब्राह्मण निरंतर ऋचाओं का आख्यान करें, गंगा-आरती की तरह ही यह भी यात्रियों के लिए विलक्षण अनुभव होगा। शुभ ने अपनी सिफ़ारिश में कहा कि आधुनिक चकाचौंध से भी बनारस को बचाएँ- एलईडी लाइटें, बड़ी एलईडी स्क्रीन इस शहर की पुरातनता को समाप्त कर देंगी। इसके जगह कोर एरिया दीयों से रौशन हों ताकि बनारस आने का अनुभव अपनी जड़ों की ओर वापस आना हो।

* * *

ख़ुशबू जैसे लोग मिले अफ़साने में...

एक दिन मलय का फोन आया। ''मनु आ गयी है घर आओ, साथ में खाना खाएँगे और इस बार भी आइसक्रीम खिलाने का ज़िम्मा मैं लेता हूँ।'' मुस्कुराते हुए उसने कहा। शुभ ने हामी भरी। बरसों बाद मनु से मिलना अजीब लगेगा।

शाम को वो घर पहुँचा और कॉलबेल बजायी। दरवाजा मनु ने खोला और शुभ को देखकर मुस्कुरायी।

शुभ ने पूछा, ''शास्त्री सर की नलिनी कुम्हला तो नहीं गयी है?''

मनु ने मुस्कुराते हुए उत्तर दिया ''नहीं, वो आपके ज्ञान के सरोवर में जो है।''

शुभ ने पूछा ''यही कहती हो... कहकर कह रही हो या सचमुच ऐसा है?''

मनु ने कहा, ''सचमुच ऐसा है; आपके हेरिटेज कंज़र्वेशन सम्बन्धी लेख एक जर्नल में छपते हैं, वो जापान भी पहुँचता है और उसकी मैं गम्भीर

पाठक हूँ।''

शुभ ने कहा, ''अच्छी बात है; मैं तो सोच रहा था तुम जापान जाकर मुझे भूल गयी; मैं तो ये भी सोच रहा था कि मनु जापानी गुड़िया बन गयी होगी, तुम तो अभी भी इण्डियन ही लग रही हो।''

मनु ने कहा ''जापानी गुड़िया से मैं मिलवाती हूँ।'' अंदर अपनी बेटियों को उसने आवाज़ दिया। उन्होंने वैसे ही जापानी गुड़िया वाले फ्रॉक पहने हुए थे।

शुभ ने कहा, ''अगर तुम भी ऐसी ही ड्रेस पहन लेती तो जापान की ओर से हमें दो लेने पर एक फ़्री के ऑफ़र जैसा लगता।''

फिर मनु ने कहा, ''सुमन कैसी है वो बहुत भाग्यशाली है और आप भी कि एक दूसरे को मिले। आप लोगों को ही देखकर लगता है कि जोड़ियाँ जन्नत में तैयार होती हैं। दोनों बहुत होशियार थे।''

थोड़ी देर में कमरे में राजीव ने प्रवेश किया। राजीव ने शुभ को बताया, ''ये तो आपकी हमेशा तारीफ़ करती है, कहती है कि आप इसके फ्रेण्ड, फिलासफर और गाइड हैं।''

शुभ ने तपाक से कहा, ''हाँ और जिसकी एक भी बात इसने नहीं मानी।'' सब खिलखिला उठे।

खाना खाने के बाद शुभ ने विदा लेना चाहा तो मनु ने कहा, ''ऐसे नहीं छोड़ेंगे, आपसे आइसक्रीम भी खाएँगे और आपको पान भी खिलाएँगे, उम्मीद है कि अब तक तो आप पान खाना सीख गये होंगे।''

शुभ मुस्कुराया। घाट पर वे सभी देर तक बैठे। चाँदनी रात में गंगाजी का प्रवाह सबको बहुत भा रहा था।

लम्बी वार्तालाप के बाद शुभ ने कहा, ''बादशाह सलामत चाहते हैं कि ये सुंदर सभा अगली बैठक तक के लिए मुल्तवी की जाए।''

मनु ने कहा, ''जैसा बादशाह सलामत कहें।''

फिर शुभ ने कहा, ''आज बहुत अच्छा दिन है, क्योटो ने अपनी मनु काशी को वापस कर दी।

''जैसे फ़िल्मों में होता है न, एक पॉज होता है फिर गाना शुरू हो जाता है, वैसे ही फिर से गाना शुरू कर दो सबको अच्छा लगेगा।'' मनु ने कहा।

मनु ने जाते वक्त शुभ के हाथों में एक छोटा-सा गिफ़्ट रख दिया और कहा, ''जब भी बनारस आएँ तो सुमन को लेकर आएँ... आपसे मिलने की ख़ुशी पूरी तौर पर तभी मुकम्मल होगी जब सुमन भी हो... और हाँ श्रीकांत! इस दुनिया में कहीं हो तो उसे भी ले आएँ, उसके बग़ैर महफ़िल अधूरी रहेगी।''

शुभ होटल आया। गिफ़्ट पैकेट में एक पेन ड्राइव था। इसमें मरासिम के गीत थे। शुभ ने इसे टीवी में लगा दिया। गीत के बोल थे। *'हाथ छूटे भी तो रिश्ते नहीं छोड़ा करते, वक्त की शाख़ से लम्हे नहीं तोड़ा करते।'*

फिर खिड़की खोली। शरारती चाँद अभी-अभी आकाश में आया था। इसी एलबम का अगला गीत वो गुनगुनाने लगा।

''ख़ुशबू जैसे लोग मिले अफ़साने में,
एक पुराना ख़त खोला अंजाने में
शाम के साये बालिश्तों से नापे,
चाँद ने कितनी देर लगा दी आने में।''

www.ingramcontent.com/pod-product-compliance
Ingram Content Group UK Ltd.
Pitfield, Milton Keynes, MK11 3LW, UK
UKHW041824200726
13854UKWH00002BA/537